Gedichtetes und Gedachtes

von und für

Franz Werner Seyringer

ERSTAUSGABE

Herausgegeben am 7.12.2012

Redaktion: Manuela Seyringer
Eigenverlag: Manuela Seyringer

Umschlagbild: Manuela Seyringer
Illustrationen: Franz Werner Seyringer
Grafik und Layout: Barbara Zeidler
Lektorat: Karla Seyringer, Wolfgang Niernsee
Druck und Bindung: Facultas Verlags-&Buchhandels AG, Wien

ISBN: 978-3-200-02688-9

Jeder Mensch hinterlässt in seinem Leben Fußspuren.
Dieses Buch soll die Spuren von unserem Vater vertiefen,
damit sie länger und schärfer sichtbar sind.

Es sind hier oft sehr persönliche Texte und Gedichte gesammelt,
aber ich bin überzeugt, dass auch ein nicht eingeweihter Leser
seine Freude daran finden wird.

Sie regen zum Nachdenken, Schmunzeln und erneut genießen an.
Wenn der Bezug zu den in den Gedichten
angesprochenen Personen fehlen sollte:
Keine Sorge, den Genuss des Lesens wird es nicht trüben.

Das Buch ist auch ein Dank von meinem Bruder
Gerald und mir an unseren Vater, aber auch an unsere Mutter,
für all die Geduld und Mühe, die es erfordert,
zwei gesunde und lebhafte Kinder groß zu ziehen.

Manuela

Ein Auszug aus dem genialen schöpferischen
Reichtum meines Vaters.
Ein Buch von ihm für ihn...
... bleib so wie Du bist!
Alles Gute

Gerald

Franzi ad multos annos!
Auf viele Jahre – zurückblickend

Ich wurde von unseren Kindern gebeten, ein paar Zeilen zu schreiben als Einführung für eine Sammlung von Gedichten und Gedanken, die meist im familiären und freundschaftlichen Zusammenhang entstanden sind. Eine Sammlung, die den Kindern so wichtig geworden ist, dass sie sie bündeln und drucken lassen wollen. Diese Sammlung ist nicht vollständig und nicht autorisiert durch den Urheber, denn im Wissen um Druck und Weitergabe wäre einiges in der Lade geblieben.

Unvollständiges bleibt unvollständig, vieles bleibt unüberarbeitet.

Wenn man 2012 Geburtstag feiert und 1942 geboren worden ist, dann ist das ein besonderes Fest. Nicht selbstverständlich. Die Lebensmitte ist schon überwunden. Im Blick zurück durchforstet man die eigenen Lebensstationen in Verbindung mit dem Weltenplan. Die Frage nach dem „Gut gemacht?“ drängt sich dabei doch ziemlich in den Vordergrund. Besser hätte es immer sein können.

Je älter wir werden, desto mehr geht es um das,
was bleibt von dem, was war.
Es genügt nicht, etwas gewollt zu haben.

Was war wichtig? Was ist wichtig? Was bleibt wichtig?

Er ist der, der er ist: ein Kartograph, Kupferstecher, Dankbarer, Liebender, ein unablässiger Müher, ein Hilfreicher, ein Denker und Philosophierer, ein Gesprächspartner, ein Unterhalter, ein Sportler, ein Handwerker, ein Tischler, ein Schlosser, ein Installateur ... und Kinder lieben ihn ...

Und er ist ein Dichter.
Er hätte auch ein begnadeter Sänger werden können.

Ich finde die Idee unserer Kinder,
ein Vati-Büchlein zusammenzustellen, verwegen und toll. Danke!

Karla

Karla Syblik
Wien, 16. Mai 1968

Stichst Du Dich,
so ist es bloß Schmerz.
Doch das Schlechte,
das Dein Liebstes betrifft
und ihr schadet
beugt Dich
und zerdrückt Dir Dein Herz.

Wenn man bloß wüßte,
von wem das Grünzeug
ist

Karla Syblik
Wien, 1968

Jetzt gib schön acht mein kleiner Liebling,
was Dir der weitgereiste Onkel schreibt
und hör', wie es sein Mädel macht,
dass er trotz „ungeheuer weiten" Reisen
mit seinem Fühlen doch zu Hause bleibt.
Mit vielen Sätzen kann ich's nicht beschreiben,
selbst Bücher reichten dazu nicht,
drum möchte ich's in ein Gleichnis kleiden,
wie man zum Beispiel sagt „So hell wie Licht",
wie man zum Beispiel Heißes nur erklärt
indem man sagt „So heiß wie Glut",
weil uns doch die Erfahrung lehrt,
dass längere Umschreibung
niemals die gleiche Wirkung tut.

D'rum ist auch hier die treffendste Beschreibung,
– kein bess'res Wort erdenkst Du da –
wenn ich sag' ohne Übertreibung
„Sie ist so lieb wie eine Karla".

Thomas Müllner
Taufrolle, Wien, 15. März 1970

So viel Gutes Du empfängst
So viel Gutes Du erkennst
So viel Gutes kannst Du geben

Thomas Müllner
Stammbucheintrag, Wien

Das Nehmen lässt die Freude keimen.
Das Geben hält sie fest für Dich.
Es schafft Dir Freunde, die mit Reimen
In diesem Buch Dir sagen: Denk an mich.

Karla
Gallizien, 24. Juni 1974

Mei Schnurzl, mei Purzl, mei Schnuckl, mei Spatz
Mei Haserl, mei Waserl, mei Schnaberl, mei Schatz
Mei allerliabst's Zwetschkerl – ganz narrisch kennt i wern
Wann i Di net siech und net g'spür und Dei Stimm' kann net hean.
'S gibt net so vü Namen, die i Dir könnt geb'n
Weil i Di so gern hab', Du bist ja mei Leb'n.
Und jetzt hast noch a Spiegerl bei Dir, a ganz klans
In dem siech i wieder Dei Gsichtl, i mag ja nur ans.
Und die liabst'n von d' Mensch'n hast a no bei Dir.
I frag' Di, mei Schatz, was bleibt da no mir?
In mir is a Loch, vü größer als i –
I brauch Di.

Karla
Gallizien, 25. Juni 1974

Wannst weg von mir bist
rennt mir's Lachen davon.
A Mandlan alanich
ja was is'n des schon.
Die Luft wird mir zwenich
und finsta is a
Mei Sunn scheint wo anders
i bin halt ala.

Karla
Gallizien, 26. Juni 1974

'S druckt was, es fehlt was,
es gibt mir ka Rua,
i hab' d' Mensch'n gern,
Freund hab' i ja gnua,
do zu an z'friedenen Lachen,
da g'heat 's Mensch a dazua.

Kleines Liebesgedicht an meine Kinder – an unser Töchterchen und an unser Söhnchen, Wien

Wollt' ich Dir 1000 Sterne schenken
und müsst' sie in ein winzig' Päckchen schnüren
ich brächt' sie nicht hinein.

Wollt' ich das viele Glück, die Freude,
die mir mein Elchen,
die mir mein Büblein schenkt,
in „DIE" vier Worte pressen
es würd' nicht möglich sein.

Willst Du Glück finden
Nur für Dich allein
Gleichst Du dem Blinden:
Niemals im Licht zu sein.

Besuchst Du mich heut',
will Deine Güter ich Dir nicht mehren,
denn Glück will ich heut' Dir bescheren.
Will trachten, die Last,
die die Wünsche Dir sind,
zum Teil Dir zu mindern.

Familie Kahr
Gästebucheintrag, W-KR-Weg*-Wanderung,
St. Bartholomä, 1. August 1985

Wenn Du am Wanderstabe
Durchziehest Wald und Feld,
Wenn sich manch Gottesgabe
Dir freundlich zugesellt
Und wenn Du Menschen findest,
Denen Du Mensch sein darfst,
Wenn Du manch' Ziel ergründest,
Das oft Du nur verwarfst,
Und wenn Du endlich einem
Nicht nur bist Weg zum Geld,
Dann, Herrgott, lohnt sich's reimen,
Dann erst ist schön die Welt.

* *Wien-Krassnik-Weg: Ein Wanderweg von Klaus Rott zusammengestellt.*
Der Weg führt von Wien zum „Krassnik", seinem Haus im Kärntner Rosental.

Bericht als Rätsel für die vielen Kinder
W-KR-Weg*- Verleihung der Abzeichen, Kärnten, 1985

Wie oft passiert es manchmal einem
- doch oft geschieht 's auch manchmal keinem -,
dass manche Freud' und auch viel Leid
nur durch ein Ding Du fühlst - wie heut
ich Euch berichten will, d'rum lauscht,
was so ein Dilettant jetzt plauscht:

Wenn Du Dich löst vom Kleiderschrank,
wenn Du hinaus gehst durch das Land,
wenn Du Dein Gut, der Schnecke gleich,
stets mit Dir tragen willst, dann streich'
von der Bedürfnisliste viel,
und dann beginnt das nette Spiel:

Die Sonne sticht, der Äther flimmert.
Die Stirne fließt, die Schläfe hämmert,
und auch der Rücken macht zwick-zwack,
und Schuld d'ran ist der .... ?

(Rucksack)

In Merkenstein steht viel Gemäuer,
das Hasenfüßen nicht geheuer.
Jedoch der Kinder Forscherdrang
erkrabbelte fast jede Wand.
In jedes Loch sah man sie blicken,
auch manchmal ohne .... ?

(Sack am Rücken)

Die Sonne steigt, das Leibchen klebt.
Der Sinn nur noch nach Wasser strebt.
Und vom Gefühl der Sauberkeit
fühlt sich der Wand'rer ziemlich weit.
Doch halt! In Berndorf ist ein Bad,
d'ran vorbeigeh'n, das wär' schad'.
Doch die Kabine ist zu knapp
und schuld d'ran ist der .... ?
(Rucksack)

Wenn kräftig Du die Beine rührst,
Du auch des Wand'rers Freuden spürst.
Wenn Schweiß Dir Deine Kühlung süßt,
wird schön die Ruh', wenn Du Dich mühst.
Auch das erfuhren uns're Küken
durch ihren kleinen .... ?
(Sack am Rücken)

Tirolerhof war uns zu teuer,
wir taumeln weiter, ziemlich seuer.
Beim Wallnerhof, da sind sie nett:
den halben Preis nur für ein Bett.
Des nachts da bellen Doggen laut,
damit kein Schlaf sich zubitraut.
Jedoch am Morgen zahl' ich Aff'
soviel wie am Tirolerhof.
Dafür die Plag' am End' vom Tag –
wo doch so schwer ist der .... ?
(Rucksack)

Jedoch ist vielen auch suspekt,
g'rad der in Wanderschuhen steckt.
Und ganz besonders diese Sorte,
die eine Nacht nur ist im Orte.

So haben manche Wirte Bräuche,
die Dich behandeln wie 'ne Seuche.
Frag' wie erkennt man dieses Pack?
Sie tragen stets 'nen Buckelsack.

Man geht und schaut - der Wald wird heller -
Du findest - und Dein Schritt wird schneller -
Du stehst - schmatzt freudig unter Pflücken -
Dir macht auch Freude jedes Bücken
und Dich stört auch kein .... ?
(Sack am Rücken)

Die Saualm ist ein herrlich Plätzchen,
und voll Erwartung war mein Schätzchen.
Jedoch es wehten „sanfte" Winde,
die fliegen lernten jedem Rinde.
Dass dieser Sturm uns nicht verwaht
das danken wir nur dem .... ?
(Rucksack)

Auch ist er hinter Dir oftmals
vergeblich reckst Du Deinen Hals,
Du kannst Dich wenden, kannst Dich drehen,
Du wirst ihn niemals gänzlich sehen.
Doch bist Du einem lieb und wert,
er seine Sorgfalt zu Dir kehrt,
er gütig Deine Last Dir nimmt,
Du Dich jetzt wendest - und es stimmt,
was vorher ungeglaubt Du hörtest,
dass Du mit Deinem „Ding" nur störtest.
Was vielen und auch Dir war Last,
Du jetzt durch Lieb' verloren hast.

* *Wien-Krassnik-Weg: Ein Wanderweg von Klaus Rott zusammengestellt.*
Der Weg führt von Wien zum „Krassnik", seinem Haus im Kärntner Rosental.

Karin Taschek
Stammbucheintrag, Kärnten, 1985

Maßloses Wollen
Presst Dein Gefäß,
Dass es nichts fassen kann.

Freude an kleinster Gabe
Und Deine Schale
Wird Dir zum Ozean.

Wenn Du sehr viel
Im Leben erhältst,
Nützt es Dir oft sehr wenig.

Wenn Du aus kleiner Frucht
Großes Glück schälst,
Dann bist Du jeden Tag König.

Freude gegeben
Kehrt stets Dir zurück.

Mühe hingegen
Sollst Du nur Dir geben.
Das schafft Dir Glück.

Gibst Freude Du,
Dann schaffst Du sie für Dich.

Schaffst Mühe Du,
Dann lernst Du nichts für Dich.

Gibst Mühe Du Dir selbst
Dann wächst Du königlich.

Dem Niederen verhaftet
Ist oft zu rasche Tat.

Mit Liebe Überdachtes
Klappt besser nächsten Tag.

Familie Taschek
Gästebucheintrag, Kärnten, 1985

Was nennst Du Glück, wenn man Dich frägt?
Was schafft den Wert des Lebens?

Was ist das Gute, das Dich trägt?
Wie oft suchst Du vergebens?

Ist es gegönnt Dir, dass Du findest
Die Menschen, deren Herzenskraft
Dich warm umschließt,
Du dann ergründest
Den Sinn, der alles Leben schafft.

Tobias Richter, Vortrag in der Abschluss-Stunde des Pädagogischen Seminars anhand zweier vorbereiteter Plakate: kleiner schwarzer Punkt und kleines schwarzes Quadrat, jeweils auf viel weißem Hintergrund mit Überreichung eines Segelbootmodells, Wien, 1986/87

Einen Abend, einen guten, wünsch' ich recht manierlich.
Gehe gleich in medias „äh" Dings, und d'rum jetzt probier' ich
uns'ren Meister gleich zu plagen
mit höchst importanten Fragen:

„Sagen Sie uns, bitte schön,
jetzt ganz schnell, was Sie hier seh'n."
(einen schwarzen Punkt – ein schwarzes Rechteck)

Ausgezeichnet! Fabelhaft!
Wie der Ausdruck Klarheit schafft.

Doch noch viel klarer steht es hier:
Paragraph Tausend und vier
im obligaten Richter –
Ahh! Hell werden die Gesichter –
Nun, lasst uns seh'n, was spricht er.

Ich sehe, hier verwendet er – ich glaub' rein instinktiv –
sehr oft, doch nicht von ungefähr, den nautischen Konjunktiv!
Nun denn, er schreibt:

Es wäre gut und wäre schön
im Leben Helles erst zu seh'n,
denn jeder nur den Punkt bespricht –
das viele Weiß bemerkt man nicht.
Das wär' der Kurs von unser'm Schiff.
Im Zick-Zack geht's um jedes Riff.

Das erste Riff, das sind die Fragen.
Und es ist gut, wenn wir sie haben.
Doch gut wär' auch, wir hätten keine,
dann kämen schneller wir ins Reine.

Die Antwort für die Kinderlein
wird - zweitens - zu besprechen sein.
Gibst du sie recht, dann wär' es gut,
denn manchem fehlt dazu der Mut.
Doch wenn du keine Antwort gibst,
du ebenfalls ganz richtig liegst.

So einfach ist's, erziehst du richtig.
Doch ist es ganz besonders wichtig,
zu stärken auch des Kindes Willen
mit wohldurchdachten Klangeshüllen:

(z.B. mit einer „Str"-Geschichte)

Struwwelköpfe - Strolch - Strawanzer -
Strizzi - Stromer - Staberltanzer
Streustrohstrotzend strähnig streunen.
Strotter strauchelnd straßab streben -
Struppig --- sträflich Streiche streuend!
Stracks straft stramme strenge Streife:
Strümpfe stricken, strotzend steife!
Sträfling sträubend - streiket stracks:
Strickstrumpf strittig! Streckenweis' Strapaz!
Strolche strahlen: streichen Strümpfe-
Stricken strebsam Socken-Stümpfe.

Hat jemand jetzt noch Fragen offen?
Das möchten wir doch wohl nicht hoffen!
Wenn ja, dann ist auf Wunsch man jederzeit
zu k-einer Antwort stets bereit.

Ohne Widmung

Du kommst zur Welt
und mächtig ist Drängen Dir gegeben.
Es kommt die Freude in Dein Leben
mit fröhlichem Gefolge.
Gern nimmst Du alle mit.

Doch auch die Mühe drängt sich auf
mit ihren Knechten: Qual und Schmerz.
– Die brauch' ich nicht – meinst Du
und willst allein
nur mit der Freude himmelwärts.

Doch seltsam –
ohne Müh' kommst Du nicht von der Stelle
und Du erkennst die Quelle,
die viel im Leben stärkt.

Die Müh' des Kletterns trägt Dich höher.
Du freust Dich an gewonn'ner Kraft
und Du kommst jenem Lichte näher,
das Einsicht heißt und frohe Demut schafft.

Herta Hans, Verabschiedung am Ende der 8. Klasse
Überreichung von Scherenschnitten aller Kinder ihrer Klasse
Wien, 3. Juli 1987

Das Ganze ist das höchste Sein,
dem wir oft viele Namen geben.
Es ist Vollkommenheit in sich – ist Leben.

Der Teil, den Blick nur auf sich selbst gerichtet,
vermeinend Ganzes selbst zu sein,
er trennt sich zwingend von dem Ganzen,
will heißen: stirbt,
ist tödlich stets allein.

Der Segen des Erkennens
der eigenen Teilartigkeit.
Teilhaftigkeit am Leben
lässt Allumfassendes erahnen
und alsdann
wird Deinem besten Wollen
für das eig'ne Leben klar,
dass es nur mit dem „Du"
zum Ganzen werden kann.

Die Fähigkeit,
nach dieser Einsicht stets zu handeln –
ist Liebe
und ihr wird Schauen
auf den ander'n nie zu viel.
Und wird ein „Du" in Obhut Dir gegeben,
dann formst Du beides –
Dein und sein Profil.

Ohne Widmung

Verwende die Gaben,
die Gott Dir gegeben –
und Du wirst leben.

Ohne Widmung

Machst Du Mist
bis Du in einem Müllberg bist,
dann bist Du Mist,
denn in einer Mülltonne ist Mist.

In einer Mülltonne ist Mist.
Machst Du die Welt, in der Du bist,
zur Mülltonne
dann machst Du Dich zu Mist!!
Denn, wie gesagt:
In einer Mülltonne ist Mist.

Ohne Widmung
Wien, 21. September 1988

Mia geht's hoit guat,
weul i die Leitln mog.
Mia geht's hoit guat,
weu schee is jeda Tog,
an dem i siach,
das i no seg'n kau,
an dem i gschbia,
es taucht mi ana au.
Und wann i glaub,
jetzt ham's ma d'Fliagln g'stutzt –
wann i nua wü,
dann gneis i scho
zu wos ma's nutzt.

Gedicht zum 50er

Wird einer FÜNFZIG Jahre
und ist er lieb und wert
der Menge, die da gratuliert
und die ihn hoch verehrt,
so wird die Zahl recht WICHZIG
und EINZIG auch für uns,
und sie erscheint VIELSCHICHZIG,
und RICHZIG wächst der Wunsch:
die Freude sei VIELFÄLZIG,
UNZÄHLZIG Glückes Gaben.
Wär' ich selbst sehr EINFÄLZIG –
EINSICHZIG ist's, dass alle lieb Dich haben.
D'rum mühen wir uns KÜNFZIG
stets fröhlich und VERNÜNFZIG,
dass Du noch mal wirst FÜNFZIG!

Gedicht zum 50er

Ist es nicht wünschenswert
es wünscht sich wer
nur das zu wünschen
was wünschenswert
zu wünschen wär'?

D'rum wünscht jetzt wer
dass das jetzt wirklich wär'
und dieses Wünschenswerte
wünsch' ich für Dich jetzt her
zu Deinem Fünfziger !

1 BLATT
SEYRINGER
BEG. 3.11.1958
BEEND. 21.11.1958

Franz Seyringer Senior
80. Geburtstag, Wien, 16. Juli 1988

Wird jemand achtzig Jahre
und ist er lieb und wert
der Menge, die da gratuliert
und die ihn hoch verehrt,
dann freut man sich und lacht sich
ein ganzes Säckchen voll,
denn kreuzfidel und 80 –
ist das nicht wirklich toll?
Er zeigt in seiner Pracht sich
der Gratulantenschar.
Was? – Dieser Jüngling 80?
Das ist doch wohl nicht wahr!
Ich sage Euch, er macht sich
aus Jahren gar nichts d'raus:
Er wird noch mehrmals 80!
Ich bitte um Applaus.

Franz und Wilma Seyringer
Goldene Hochzeit – 50 Jahre verheiratet, Wien, 26. März 1988

An die Kinder:

Wenn ich ein bisschen um mich blick',
dann seh' ich viele Leute.
Sie alle wollen ein Stück Glück
und das womöglich heute.

Und sicher sein will jedermann,
dass dieses Glück auch bleibe.
Jedoch kein Strick es binden kann,
er reißt wie dünnste Seide.

Doch wenn ich horch' und wenn ich schau',
dann kann ich viel ergründen,
erkenne 'was, worauf ich bau',
kann Sicherheit mir finden.

Und sicher ist Beständigkeit,
die ich durch Euch erfahre.
D'rum wünsch' ich Euch nur Fröhlichkeit
die nächsten 50 Jahre.

An die Erwachsenen:

Ein jeder sucht sich Stützen
auf seinem Lebensweg.
Er fragt: „Was kann mir nützen?"
Zerbrechlich scheint der Steg,
auf dem durch Raum und Zeiten
ein Mensch Halt suchend tastet,
ein Sack voll Ängstlichkeiten
auf seinem Rücken lastet.

Doch fühlt mit allen Sinnen
man tief in sich hinein.
Bemüht, sich zu ergründen,
dann auch den äußer'n Schein.
Ganz sacht kommt Dir ein Ahnen –
getragen fühlst Du Dich –
und spürst auch Kraft zu tragen.
Fast nichts mehr ängstigt Dich.

Du findest einen Menschen
und in Gemeinsamkeit
wirst Du für Deine Nächsten
ein Stück Geborgenheit.

Und dann so viele Jahre
gemeinsam zu durchleben
habt Ihr in Seelenfestigkeit
ein Beispiel uns gegeben.

Viel Kraft in Tat und Worten
woll'n wir einander schenken.
Viel wunschlos tiefe Freude
soll Euer Leben lenken.

Monika Müllner
40. Geburtstag, Wien, 23. September 1988

Wie sag' ich, was ich wünschen will?
Wie zeige ich es Dir?
Wie geb' ich Freude, jetzt noch still
verschlossen tief in mir.
Ein starkes Fühlen drängt hinaus,
will wachsen am Verschenken.
Doch wie? Wie drück ich alles aus?
Dies Wollen - Fühlen - Denken.
Wie sag' ich's bloß, dass wir uns freu'n
ob dieser runden Zahl,
denn - Dir bloß Blumen aufzustreu'n
verschmutzt doch nur den Saal.
Nun, sicher weißt Du auch, dass man,
wenn überschwappt die Seele,
stets weit mehr fühlt als sagen kann.
D'rum wünsch' an dieser Stelle
ich Dir all unser Fühlen heute -
nur klein sind uns're Gaben -
und zeigen wollen alle Leute,
dass sie Dich sehr lieb haben.

Sebastian Göbel
Firmung, Wien, 2. Oktober 1988

Bei Dingen, die man ändern muss,
Veränderung zu wagen,
und das, was nicht zu ändern ist,
geduldig zu ertragen,
letztendlich noch die Weisheit dann,
klar beides zu erkennen,
das wäre gut, wenn man das kann,
das möchte ich Dir gönnen.

Raoul Kneucker
Überreichung eines Reisezahnstochers, Wien

Auf allen deinen Reisen
serviert man dir auch Speisen.
Tut's not, danach zu putzen,
kannst du diskret dies nutzen.

Sally Trench
Gespräch über Ihr Buch "Bury me in my boots"
Wien, 15. Juni 1989

My life 's full of "Thank You"-
Thank You for love.

But sometimes I wear these words
Like an old glove.

Many a person
I touch with it quickly

But now I must put it off
And hug - just you -

Truly.

BUNSCH
nach WUNSCH

Uli Wenninger, Nikolausfeier „Surprise" * bei Alwine Hammer zum Stoffhundjuxgeschenk, Wien, 8. Dezember 1989

Ein bisschen mehr Freude
in trüben Stunden
ein flüchtiges Lächeln
auch unter Tränen gefunden
ein wenig mehr Sehnsucht
nach Helle im Leben
ein bisschen mehr Weitblick
in unserem Streben
ein bisschen mehr Reichtum
durch Lust am Verschenken
erfühlst Du im Glück,
an liebe Menschen zu denken.

Ein bisschen mehr dies
und ein bisschen mehr jenes,
das wünsch' ich Dir heut'.
Jedoch noch was Scheenes
bekommst Du von mir,
um Dich stets zu erinnern
an unsere Sorge um Dich:
deshalb kümmern sich
um Deine Sicherheit zu jeder Stund',
die wirklichen Freunde –
und jetzt auch der Hund.

**Am Abend des 5. Dezember feiern die Holländer ein Familienfest, bei dem sowohl Kinder als auch Erwachsene beschenkt werden. Zu jedem Geschenk gehört ein Gedicht. Es sind lustige Reime, mit denen sich die Familienangehörigen, Freunde und Nachbarn untereinander verulken. Alle Gedichte sind mit Sinterklaas unterschrieben.*

Franz Seyringer Senior
anlässlich seines Todes, Wien, 11. Dezember 1989

Unser Vater –
Sein Leben war ein beharrliches
selbstverständliches Mühen –
eine stete besonnene Sorge um uns.
Er hatte goldene Hände,
die bis zur letzten Stunde
auf blanken Metallen
die Welt einfangen konnten.
Der Schärfe seiner Augen
konnte die Anstrengung des Kupferstechens nichts anhaben.
Und sein Interesse am Leben der Gesellschaft war uneingeschränkt.
Er öffnete uns die Augen für die Liebe zu den Bergen und zur Natur.
Aus seiner Ruhe schöpften wir Kraft,
aus seiner Zuwendung Sicherheit.
Ich wünsche mir, dass Liebe weiterhin ein Band bleibt,
das uns verbindet
und das unserer lieben Mutti
die unerwartete irdische Trennung leichter tragen lässt.
Gott helfe mir, dass ich meine Aufgabe halb so gut erfülle.

Tobias Richter
zur Verabschiedung am Ende der 8. Klasse
Wien, 28. Juni 1990

Der kleine Mensch wird auf den Weg entlassen
und wie in einem Boot
wird er getragen von den Wassern
wird er getrieben von den Lüften
von der Bewegung seines Arms
die Du ihn lehrst
Du zeigst ihm vieles zu gebrauchen
Du gibst ihm Richtung
gibst ihm Ahnung
von oft nur scheinbar fernen Küsten
setzt Sehnsucht ihm ins Herz
und mühst Dich
selber suchend - den Blick nach oben
mit Deinem Schiff ein Sog zu sein
für kleine Nachen
damit - oft wilde - Wasser nicht verschlingen.
Nur danken kann ich
dass solche Schiffe
unser Meer durchfahren.

Elfi und Robert Leu
Leaving for Pretoria, Wien, 31. August 1990

und auch

Ernst und Brigitta Maczek-Mateovics
Zum Neuen Jahr 2012, Dezember 2011

Dass Eich nur guat geht
Dass kana valurn geht
Dass g'sund wieda kummt's
Des winschat ma uns.

Oktober 1990

Meine Mühe zu teilen
ist mir ein Greuel,
doch allein mich zu freuen
das – mag ich nicht.

Musst Du erst sterben,
um zu wissen was Tod ist?
Musst Du erst hungern,
um zu wissen was Not ist?
Kann Dir nicht „glauben“ Erfahrung ersparen?
Ich fürchte: Nein.
Sonst wär' der Mensch weise
schon in jungen Jahren.

Die Wahrheit soll
gleich gültig sein
für jedes Menschenkind.
Denn wenn sie uns gleichgültig ist
sind wir im Leben blind.

Mir ist Liebe in's Herz gegeben.
Mir ist Sorgen in mein Wollen gegeben.
Mir ist ein Ahnen im Erkennen gegeben.
Und mir ist nicht gestattet,
eine Nützlichkeit meines unbeholfenen Wollens zu erkennen.
Und ich suche in mir
nach Fähigkeiten, hilfreich zu sein.

Ingrid Zdarsky

„Surprise“ * an ihrem 50. Geburtstag, Wien, 6. Dezember 1990

Man sieht's nicht von der Straß' aus –
Du hast ein neues Glashaus
D'rum setz' Dich rein ... genieße ...
Geht Dir manchmal der Kas' aus,
dann trippel in Dein Glashaus
und pflücke Dir Gemüse.
Und trinkt man Dir Dein Maß aus,
dann torkle in Dein Glashaus
und leg' Dich in die Wiese.
Und siehst Du manchmal blass aus,
dann geh' erst recht ins Glashaus –
schau' in die Sonn' und niese!
Denn dort ist auch der Stress aus –
in Deinem schönen Glashaus,
die Laune flieht, die miese.
Und läuft Dir blöd ein Fass aus,
dann leit' es in Dein Glashaus,
das alles munter sprieße.
Sieht's mit der Dürre krass aus,
dann eile in Dein Glashaus,
nimm Flüssigkeit und gieße!
Bis jetzt hat's 50 Scheiben!
Lass es Dir nicht verleiden,
Du sollst stets fröhlich bleiben
und trachte zu vermeiden,
dass trübe sind die Scheiben.
Denn letztendlich sieht es klass aus,
schwebst Du in Deinem Glashaus
mit unserer „Surprise“.

**Am Abend des 5. Dezember feiern die Holländer ein Familienfest, bei dem sowohl Kinder als auch Erwachsene beschenkt werden. Zu jedem Geschenk gehört ein Gedicht. Es sind lustige Reime, mit denen sich die Familienangehörigen, Freunde und Nachbarn untereinander verulken. Alle Gedichte sind mit Sinterklaas unterschrieben.*

Wilma Seyringer
80. Geburtstag, Wien, 15. August 1991

So lange sorgst Du schon für uns –
zuerst hast uns gefüttert
und dann – in denkbar schlechter Zeit –
hast Du um uns gezittert –
hast kleinen Händen Halt gegeben,
hast Tränen oft getrocknet.
Gabst Liebe für das ganze Leben.
Und so sind wir gewappnet
für vieles, das da kommen mag
im Weinen und im Lachen.
D'rum wünschen alle an DEM Tag
Dir nur die schönsten Sachen.

Weihnacht 1992

I winsch Eich was Guades,
I winsch Eich was Scheenes.
Und des nechste Joa?
Na – es sei ein bequemes!

Macht's kane Fixen
und macht's kane Faxen
und Eicha Auto
fahrt's zu kana Kraxn.

Zu Eichara Höft'n,
da besseren, seid's
recht liab,
so dass Eich auf's Hamkumma gfreits.

Und z' Weihnacht'n –
daz heit net schlof'n
beim Schenk'n.

Und a nex'z Joa –
daz net schlof'n
beim Denk'n
wia's in ander'n so geht,
wia ma's bessa kennt moch'n.
Dann hätt' ma va olle
fü mehr no zum loch'n.

Weihnacht 1992 für 1993

Ich wünsch' ein frohes Weihnachtsfest
Und wen, der sich was schenken lässt.
Und kan, der fragt „Was hat des kost?"
Und dem sei liabstes Wort ist „Prost!"

I brauch a guades Weihnachtsfest.
I winsch Eich oin a scheens woams Nest
und dass es ansteckt's alle Leit
mit ana Weihnachtssöligkeit.

I mecht a stoake Weihnachtsfeia
und dass ma los wer'n unsan Schleia,
der unsa Hirn und's Herz vadeckt
und schuid is, dass ma niedapeckt
in Nachboan auf da ganz'n Wöt.

Ach ja –
I winsch no vü, was uns no föt.

Elfriede Syblik
70. Geburtstag , Wien, 28. Dezember 1992

Kennst Du die „Schwarze Elster“? - Wo ist ihr Land?
Kennst Du des Ton-, Hut- oder Butterbergs gemeinsames Band?
Wo auch die Wenden eine Heimat haben
und viele Orte „itz“ am Ende tragen?
Dort, wo einst Lessing zur Schule gegangen -
in Sachsen - in Kamenz - hat es angefangen.

Vier Tage vor der Jahreswende,
so kurz bevor das Jahr zu Ende -
es war im Jahre zweiundzwanzig -
noch gab zum „Prosit“ man die Hand nicht -
erblickte sie das Weltenlicht.

Sie wuchs heran, ging nach Berlin,
lernte dort Verkäuferin -
und auch kennen ihren Mann,
den sie heiratete sodann
1943 im April.

Kinder kommen: eins, zwei, drei.
Der Krieg ist endlich auch vorbei.
Es bleibt die Frage „Wohin zieh’n?“
Und sie entscheiden sich: nach Wien.
Da wurd’ sie dann Frau Schlosserin.

Die Arbeit in der Schlosserei,
die ist vorbei.
Doch ist es schön
sie weiterhin aktiv zu seh'n –
geschwind –
wie ein Wirbelwind!

Ist Euch allen klar,
von wem hier die Rede war!?

Manfred Wuch
50. Geburtstag, Wien, 19. April 1993

Das Glück,
nur von außen erhofft,
lässt sich nicht zwingen.

Jedoch aus Dir selbst
wird sehr oft
Dir vieles gelingen.

Karla Seyringer, Widmung im Buch „Liebesgedichte“ von Erich Fried, Wien, 22. November 1993

Ich kann mir's richten
Ich lasse dichten
Ich hab' Dich lieb
Sagt Erich Fried.

W–KR–Weg * Jubiläumsfeier, 11.30 Uhr Treffpunkt am Obir Gipfel
17.00 Uhr Krassnik, Kärnten, 7. August 1994

Der Weg zum W–KR–Weg–Gold
Und wie man ihn gut planen sollt'.

Man fragt sich wie es möglich ist
Dass trotz geballter Manneskraft
Es unser'm Klaus nicht möglich ist
Dass er den Weg auf einmal schafft.

Ähnliche Fälle kenn' ich viele
Berühmte Forscher dieser Welt
Sie scheitern kurz vor ihrem Ziele
Weil ihnen das „Equipment" fehlt.

So ist es auch bei unserem Klaus
Da sieht die Sache ähnlich aus
Wie schon gesagt, die Kraft ist da
Und auch der Mumm in seinen Knochen
So ein Tornister fehlt ihm ja
Und weiteres wird noch besprochen.

Beim Wandern sind die Füße wichtig
Mein Vorschlag wäre kurz und trocken
Für mich zumindest ist es richtig
Probier's einmal mit Wandersocken.

Seyringer. Franz.

Natürlich soll die Kraft nicht schwinden
Gehst du in Felseneinsamkeit
Wo's schwer ist Proviant zu finden
Liegt stets dies Zaubertuch bereit.

Die Kraft der Stelze kriecht ins Mark
Des Wassers Kühle nässt die Kehle
Das hält dich fit, das macht dich stark
Und du stürmst weiter auf der Stelle.

Doch dieses Tuch es birgt auch Brot
Mit Salz gereicht aus deinem Ranzen
Befreit das dich aus mancher Not
Wenn Eingebor'ne dich umtanzen.

Doch manchmal nützt auch das nicht viel
Wenn dich umschwebt der Duft der Mühe
Du kommst nicht näher deinem Ziel
Kommt aus den Socken eine Brühe
Die Sinne raubend Menschen dämpft
Das wird mit diesem hier bekämpft.

Wäschst du dir damit deinen Fuß
Dann fällt's dir leicht dich wegzuheben
Dies für die Hände – für den Gruß
Du bleibst beim Handschlag dann nicht kleben.

Eins ist auch wichtig wie du weißt
Die Topverbindung Körper – Geist
Für mich ist's immer gut gewesen
Ich hab' Roman-tisches gelesen.

Auch wenn manch Zweifel dich benagt
Ist die Natur dir oft ein Rätsel
Dann blätt're hier ganz unverzagt
Und knabbere an einer Brezel.

Es rieselt passiv auf dich nieder
Des Walkmans Elektronikklang
Jedoch nur selbsterzeugte Lieder
Beleben dich im Wanderdrang.

Die neu'ste Technik bitte nütze
Von tausend Hirnen schwer erdacht
Die „nordic-walking-latsching Stütze"
Ist wirklich wie für dich gemacht.

Doch nur „modifizierte Art"
Die hebt die Stimmung dir ganz zart
Denn gegen Wand'rers Schlendrian
Da hilft am besten Enzian.

Weil wir die Technik g'rad erwähnen
Beim Wandern schwitzt ein jedes Kind
Nimm diese Kappe, sie hilft denen
Wo Schweiß vom Kopf in Bächen rinnt.

Damit dein Ziel du nicht vergisst
Auch diese Karte wichtig ist
Und dies Gerät zeigt dir die Richtung
Das ist das Ende dieser Dichtung.

Überreichung diverser Gegenstände zur 10-Jahres-Feier des W-KR-Weges, wie Mumm-Sekt, Nordic-walking-latsching-Stütze = Stock mit Glaseinsatz für Enzian-Schnaps, Kärntner Landkarte mit chinesischer Beschriftung, Gerät = Kompass

** Wien-Krassnik-Weg: Ein Wanderweg von Klaus Rott zusammengestellt.
Der Weg führt von Wien zum „Krassnik", seinem Haus im Kärntner Rosental.*

Peter, Freund von Julia Zdarsky, „Surprise“ * Überreichung verschieden großer Kerzen, Wien, 3. Dezember 1994

Bei Menschen auf der ganzen Welt
wird Licht dem Leben gleichgestellt.
Das „Gute“ ist das strahlend Helle,
das Dunkle ist des Bösen Quelle.
Auch im Gesicht des Menschen leuchtet
die „helle Freud'“, doch man befeuchtet
mit Tränen oft das Tuch der Tasche,
wenn finst're Laune greift zur Asche,
die düster-dunklem Herd entnommen
auf's Haupt gestreut ins Aug' gekommen.

Erleuchtet wollen viele werden,
damit es heller wird auf Erden.
Und nebenbei brauchst du ein Lichtlein
suchst abends du das Schlüssellöchlein.
Auch unser Goethe sterbend spricht
die Worte aus, er sagt: „Mehr Licht.“
Dies deutet mancher weise Knilch,
er wollt' in den Kaffee mehr Milch.
Kurzum, was lebt, das strebt zum Lichte
vom Riesen bis zum kleinsten Wichte.

Doch dies Gedicht soll nicht belehren.
Es ist geschrieben, den zu ehren,
der Licht beherrscht mit seiner Kraft
durch die Beleuchtungsmeisterschaft.

Er kam in Pullendorf zur Welt -
arkaden-höflich - nicht im Zelt.
Seit damals wird es - wohl bekannt -
nur „Oberpullendorf" genannt.

Nun zu dem Leuchter, der „Surprise",
er sei dir Freude - und genieße
die helle Wärme, die er spendet.
Doch vorerst sei dein Blick gewendet
auf Gleichnislichter, deren sieben
jetzt kurz in dem Gedicht beschrieben.

Das erste ist ein zartes Licht.
Man achte, dass man es nicht bricht.

Wenn dann das Menschlein älter wird
stärkt sich sein Licht und ungeniert
naturverbunden brennt es noch.

Doch später wird es breit und hoch.
Man hat erfahren mancherlei
und glaubt jetzt wie gescheit man sei,
man hat nun alle Welt durchschaut
und alles wird sich zugetraut.
Man urteilt schnell und frisch d'rauflos,
so manches geht auch in die Hos',
auch etwas Überheblichkeit
gehört in diese starke Zeit.

Das nächste Licht ist schon gesetzter.
So um des Lebens Mitte hetzt er
nicht mehr so 'rum, man ist gestylter,
viel ist gesichert, ausgefeilter.

Barock ist oft die Lebensart
und Selbstkritik blüht nur ganz zart.

Doch plötzlich - wie man deutlich sicht
an dem gekrümmten nächsten Licht -
der Mensch jetzt einen Dämpfer kricht.

Du fühlst dich elend und verkannt,
dein Lebenslicht scheint abgebrannt.
Es gleicht dem schiachen alten Grablicht,
dem's an der Lebensfreud' gebricht.

Doch langsam lernst du in dich schauen
und du bewältigst mit Vertrauen
die Vielheit, die dir mühsam scheint,
und durch Erfahrung in dir keimt -
erkennend - ruhig, sich're Kraft,
die weite Helle in dir schafft.

Viel „Lichtes“ für dein Leben noch
- nicht bloß als Bier - wünsch ich, und doch:
Die Zahl der Freunde - Wald - und Haar
soll sich nicht lichten! Eh ganz klar!

**Am Abend des 5. Dezember feiern die Holländer ein Familienfest, bei dem sowohl Kinder als auch Erwachsene beschenkt werden. Zu jedem Geschenk gehört ein Gedicht. Es sind lustige Reime, mit denen sich die Familienangehörigen, Freunde und Nachbarn untereinander verulken. Alle Gedichte sind mit Sinterklaas unterschrieben.*

Michael Wagner
Firmung, Berchtesgaden, 26. März 1995

In Deinem Leben
wirst Du nehmen
wirst Du geben.

Jetzt hast Du bekommen.

Hast Du dies' heut'
als Sehnsucht
in Dein Herz genommen
und als Streben,
wirst Du leben.

Michael Göbel, 50. Geburtstag
Feier mit Freunden im Hotel Schloß Krumbach, Krumbach, 3.–4. Juni 1995
Feier mit der Familie, Wien Blobnergasse, 6. Juni 1995

Ins Hotel-Gästebuch: 700 Jahre Schloß Krumbach, 50 Jahre Michl, 2 gut erhaltene Ruinen

Der Anlass ist uns wohlbekannt
von überall kommt angerannt,
was schulterklopfend, rippenstoßend,
was siech und was noch kräftestrotzend,
dem Jubilar an's Hemd sich schmeißt.
Von nah und gern kommt angereist,
was Rang und Unrang hat hienieden,
und keiner ist zu Haus' geblieben.
Denn alles will in diesem Lenz
dem Mann erweisen Referenz,
den wir jetzt zu beschreiben wagen,
recht unzulänglich – ohne Frage(n):

Bürobedarflich seh' ich da
als erstes Leuchten „Koreska".
Ein Ort der Schreibtischalchemie,
wo Göbels Reagenz-Genie
so manch Geheimnis der Natur
entriss derselben – und sei's nur
das zähe Haften eines Flecken
in Hemden, Hosen und Jacketten
zu lösen mit des Geistes Kraft.
Der Neider Runde schaut verbafft.
Wobei auch seine Thujenzucht
im Erdkreis ihresgleichen sucht.

Ist nun ein Mann so hochbegabt
ist es kein Wunder, dass um Rat
fragt ein Betrieb ganz ungeniert.
D'rum so ein Mann Betriebsrat wird.

Um zu ergründen wie das Volk
Tribut der niedr'en Bildung zollt,
hat Arbeiter* er aufgesucht,
in ihrer mittler'n* Schul'* gebucht
ein Plätzchen in der ersten Bank,
wo er dann auch sein Liebstes fand.
Gemeinsam sie sich Welten bauen,
gemeinsam dreifach Glück sie schauen,
gemeinsam kurzer Trennungs Klage,
gemeinsam stellen sie die Frage,
auf die es gute Antwort gibt:
„Kann sich entfernen, was man liebt?"
Das kann es nicht, er hat's erfahren,
auch andernorts. Man kann bewahren
selbst etwas von gering'rem Wert.
Im Herzen bleibt es unversehrt.

Doch was der Zahn der Zeit benagt,
was manchmal alt ist und betagt,
muss oft man künstlich hoch bewerten,
es wird zum Tand, zum vielbegehrten.
Volkskundlich hat er es durchschaut,
ein Studium sich zugetraut.
Ob's gut, ob's da liegt zum Vergammeln,
vieles ist wert es aufzusammeln,
selbst schrebergärtliches Kulturgut

(Überreichung vorzüglicher Gartenzwerge)

tut unser'm Michl, denk ich, nur gut.
Und zoderwaschlig** wächst das Wissen.
Man wird sich aber fragen müssen:
Ist jedes Wissen auch ein Wissen,
wenn man oft den Erfolg muss missen?
Er will z.B. Nussbaum killen,
nur klappt es nicht nach seinem Willen.
Doch halt, ich Tropf, wie kann ich's wagen,
so aufzubläh'n die Niederlagen.

Vom Kaulbach schnell zur Blobnerwelt:
dort wird rasch wieder hergestellt
das rechte Bild des Zuchtgiganten,
sieht man dort seine Sukkul-Anten.

Inzwischen, dass ich's nicht vergesse,
gab's weltweit starkes Interesse
an ihm. Man hat sehr lang gerungen –
„Immuno" ist der Wurf gelungen.

Ideengeber – Wortespender
bei Schulzeitschrift und Schulkalender.
Silvester mit Humor er adelt
und „Efeu" an's Gehirn sich nagelt.

(bronzenes „Efeu"-Kleeblatt wird überreicht)

Auch die Gefahr, die scheut er nicht.
Kommt da z.B. so ein Wicht
Und will ihm die Krawatte stutzen,
der beste Trick wird dem nichts nutzen,
er wird mit Charme oder mit Macht
vom Michl zur Vernunft gebracht.

(selten geschmackvolle Krawatte)

Auch Nachsicht ziert ihn, wenn er frägt
„woher“ das kommt, was da hier bebt
und „zithert“ an der Eingangstür,
und er als Antwort kriegt dafür:
„Türzither nennt man das Gerät.“
Ich glaub, dass es auch Dir gut steht.

(Türglockenzitherspiel)

Auch auf den Märkten, die so heißen
als ob's dort Flöhe gibt zu Preisen
erschwinglich g'rad für jedermann,
dort trifft man ihn als Meister an.
Als Kundigen gebund'ner Blätter,
als liebevollen Buchvertreter,
der zwischen Motten dort und Schaben
beharrlich kramscht nach Erstausgaben.

(gehaltvolle Buchattrappen)

Für uns're Schule da verkauft er
und nicht ein Weilchen da verschnauft er.
Nur frönt dazwischen er dem Brauch
„Es geht noch mehr in meinen Bauch“
und Schokolade will er auch.

(Schokolade)

Das geht so weit, dass dieser Knilch
uns wegsäuft uns're teure Milch.
Dass Kluge stets nur klüger werden,
das lebt er vor – und dass die Herden
der selten Weisen klein nicht sind,
das wusst' er schon als zartes Kind.
Das Schicksal zwei jetzt schön verband
von kongenialem Schaffensdrang.

Im Viertel eines Waldes steht
dort ein Palais – und es vergeht,
nein, es vergeht nicht – 's wär' ja schad –
ich mein', es geht vorbei kein Tag,
an dem nicht diese beiden zwei,
oft sind die Kinder auch dabei,
an der noch namenlosen Stätte
hier werken, graben um die Wette.
Was man dort fragt in einem fort,
das gab den Namen diesem Ort:
„Sag', graben die nicht wieder heut'?"
„Saggraben" nennen nun die Leut'
den Flecken, den ihr Fleiß jetzt adelt.
Gar mancher ist schon hingeradelt
in dieses gastlich schöne Haus.
Ist dort das Arbeitsschwitzen aus,
dann gehen sie zum Nachbarn rüber
und schwitzen sich dort weiter nieder.

Doch jetzt komm' ich zum Michl wieder:
Als Herr wird er stets herrlicher,
das Haar wird etwas spärlicher.
Zuletzt ein Glückwunsch und ein Ahnen –
die Welt wird unser'n Michl rahmen.
(Bilderrahmen)
Die Kunstwelt rahmt hier unsern Michl
(Portraitkalender von Fans)
und zur Beleuchtung dient dies Lichtl.
(Windlicht)

* *Arbeiter mittler'n Schul' = Arbeitermittelschule = AMS Henriettenplatz*
** *Zoderwascherl ist ein ungetauftes Kind, diverse Geschenke überreicht auf Samtpolstern, Übergabe des von Manuela gemachten „Klub 50-Kalenders" für 1996*

Karla Seyringer
50. Geburtstag Einladung, Wien, November 1995

Wem's Freude macht, der macht sich frei
und kommt zur Eichbergstraße zwei
in Gießhübl, dem kleinen Ort,
in ein Lokal, das nennt man dort
nach „Maximilian", dem Knaben.
Dort woll'n wir lachen, woll'n uns laben.
Dort woll'n wir uns're Karla feiern
mit an Schampanja, an sauteiern,
am vierundzwanzigsten Novemba,
um 18 Uhr. Lass uns net hänga.
Ich ruf' noch an, ob du auch kömmst
und Dir bei uns was Gutes gönnst.

Karla Seyringer
50. Geburtstag, Wien, 22. November 1995

Und doch bin ich nicht allein,
denn ich trage Dein ganzes Wesen in mir.
Dein Lachen und Sehnen
und jedes kleinste gemeinsame Ding
stößt kleine Glöckchen in mir an,
die mir Deinen Namen läuten.

Elisabeth Gergely
Weihnachten, Wien, 1995

Was Menschen, die sich mögen,
sich jetzt zu wünschen pflegen,
das wünschen wir von Herzen
beim Schein der Christbaumkerzen.

Ernst Mateovics
55. Geburtstag, Wien, 22. März 1996

In diesen Tagen ist's das Beste
man geht zu dem Verschwendungsfeste,
des g'stopfte Leut' heut für sich geben,
weu sa si g'frein, dass lang scho leben.

Des Wichtigste is heut' vor allem,
ma muaß si'n Girt'l weida schnall'n.
Vom Schpoan is heite goa ka Red,
denn wer heit schpoat, der wa sche bled.
Mir schpoan heit net mit guade Schmäh,
die san so guat, des tuat scho weh.
Auch schpoan wir nicht mit guten Wünschen,
a jeda derf in Ernstl klinsch'n.

'S wird nicht gespart bei den Geschenken –
mein Konto wird noch lang sich kränken –
wir sparen nicht mit Fröhlichkeiten,
auch nicht, wo's geht, mit Zärtlichkeiten.
Und wer heut' spart mit guter Laune,
bricht mutwillig sein Pech vom Zaune.

Heut' wird verschwendet Herzenswärme,
auch viel Verständnis hätt' man gerne.
Man hat oft g'schpoat, es war net lustig,
a lange Zeit, manchmal bis fufzig.
A Fünfafufz'ga was des bessa –
und no dazua als a Professa.
D'rum wamma heit züpr'otisch essen,
daz ma auf's nicht schpoan net vergessen.

Ingrid Wuch
50. Geburtstag, Schönheitsfarm-Gutschein
Wien, 30. März 1996

Normal geht in a Schönheitsfarm
nur der, der meist an Schönheit arm.
Jedoch auch solche dort umtollen,
die ihre Schönheit pflegen wollen.
Doch die zwei Fälle sind uns schnuppe,
wir sprechen heut' von jener Gruppe,
die dünnst gesät in uns'ren Sphären,
die g'rad so sind wie wir gern' wären,
die Vorbild sind in allen Sparten –
und Generationen warten
oft lang' bis solch ein Stern erscheint
und in ihm ist dann das vereint,
wonach in uns'rem kurzen Leben
wir armen Würmer ständig streben:
das Ideal in Körper – Geist,
das, kurz gesagt, „Die Schönheit" heißt.

Die Wesen nun, die so beschaffen,
auf die die Leut' oft neidisch gaffen,
die sind d'ran schuld, das sieht man ein,
denn jeder will ja auch so sein.
Die sind der Grund für Schönheitsfarmen,
wo Leute dort zum Gotterbarmen,
sich quälen hart tagaus, tagein,
denn jeder will genau so sein.

Um diesen Drang stets frisch zu halten
und diese „Farm“ gut zu verwalten,
braucht’s nicht nur Gäste, die fest zahlen
und die sich dort bezahlend aalen.
Es braucht den Motor, klarer Fall,
es braucht dies Schönheitsideal,
das dort den Menschen vor Ort zeigt,
seht her, so ist man schön beleibt!
Und dieses „Muster“ wird bezahlt –
und nebenbei: Es wird nie alt!

Überreichung generöser Geschenke:

Bist Du nun dort als Stimulans
für and’re, dann vergiss nicht ganz,
dass Du auch brauchst etwas Erholung
und dies Gepäck zur Transportierung,
und dies Jojo Dir zur Entspannung,
und von der dortigen Verwaltung
dies für Dein Zimmer zur Gestaltung.
Dies Mao-Buch Dir zur Erbauung,
und dies nimmst Du für die Zerkauung.
Die Kerze hier Dir zur Erleuchtung,
die Flasche Geist Dir zur Befeuchtung,
dies Tüchlein hier für die Erfrischung,
dies Läppchen da für die Wegwischung,
der Kreisel hier für die Beruhigung,
dies Bildchen dann für die Belust’gung,
und dieses Kästlein zur Verschwendung,
und dieses hier für die Verwendung,
dies „Pocket-Coffee“ zur Ermunt’rung,
und dieses hier zu der Versump’rung,
und dann am End’ uns’rer Bemühung
hilft dies Gedicht Dir zur Ermüdung.

Gisela Wagner
nach Blasenoperation, Berchtesgaden, Mai 1996

An die „Pisi-Gissi“

Wir wünschen
liebe Gissi

dass jeden Tag
ein bissi

Dein Wohlbefinden
zunimmt

und dann ein
bisschen Ruh kimmt

die pumperlg'sund
Dich wieder macht

das uns're Gissi
wieder lacht

Karla und Franz Seyringer
Silberne Hochzeit, Wien, 24. Juli 1996

Ich danke Dir mein lieber Schatz
für diesen schönen warmen Platz
an Deiner Seite lange Zeit.
Ich hoff', es hat Dich nicht gereut.

Furcht
Wien, Februar 1997

Für einander Zeit zu haben
lässt uns Arbeit keine Zeit
diese Arbeit fortzujagen
schafft die Zeit an kranken Tagen
und mit diesen neuen Plagen
wird noch kleiner uns're Zeit.

Renate und Karl Hruza, 25. Hochzeitstag
Erneuerung des Hochzeitsversprechens, Wien, 1997

Die Lebensjahre wandern durch die Zeit –
Man sieht es nicht, man spürt es aber oft.
Man träumt, man sehnt sich und man hofft,
Zu treffen diesen Einen für die Ewigkeit.

Und eines Tages ist er plötzlich da –
Wie ein Wunder, das entgegenweht:
Man stockt, man staunt und man versteht,
Man war der eig'nen Seele nie so nah.

Bunter ist alles, die Sonne scheint heller,
Schlösser baut man in den Himmel hinein.
Und baut auf den ander'n. Und ist nicht allein –
Und kauft in Gedanken schon Tassen und Teller.

Und dann steht er da im Anzug.
Sie: im langen, weißen Kleid.
Im Rücken schon der Alltag bereit –
Nach Kindern das graue Haar im Anflug.

Und nach 25 Jahren Berg und Tal
Ist heute wieder Hoch-Zeit!
Es ist nicht ganz dieselbe Angelegenheit.
Und doch ist etwas wie beim ersten Mal.

Michael Wagner
16. Geburtstag, Berchtesgaden, März 1997

Am Sechzehnten zum Sechzehnten

Liba Michi
heute sich i
dass Du morgen
an ganz oagen
Tag tuast feiern –
und ganz Baiern
freit si narrisch
baiowarisch.
Auch wir Wiener
freun uns immer
wenn wir gratulieren können
und Dir nur das Beste gönnen.

Michael Wagner
Flug von Salzburg über's Watzmannland, Geschenk zur Firmung, Salzburg, Sommer 1997

Im Sport, da schwebst Du hoch hinaus
beim Sprung von jeder Schanze.
Du fliegst auch über's Heimathaus
und überschaust das Ganze.

Du wirst bestimmt in diesem Leben
so manches Sprünglein wagen,
d'rum trachte stets bei Deinem Streben,
den Überblick zu haben.

Robert Danek
40. Geburtstag plus Spende für das Gemeinschaftsgeschenk „Wutzler"
Wien, Jänner 1998

Wir schenken Dir ein Packerl – klein und fein,
was drinnen steckt, wird Dich sehr freu'n.
Betracht es nicht verächtlich,
der Inhalt ist beträchtlich.
40 Stücke an der Zahl.
Sie zu besorgen war 'ne Qual.
Denn passen müssen s' ganz genau –
beurteilt durch das Augenmaß von Deiner Frau.
Ingrid hat uns Dein „Gerät" beschrieben.
Mit Sorgfalt suchten wir dann aus – Du wirst uns lieben.
Nicht täglich kommt der Inhalt bei Dir dann in Gebrauch.
„Einmal in der Woche", sagt Ingrid, „reicht es auch."

Die Gebrauchsanweisung, die liegt bei,
doch das Wichtigste, das sagen wir Dir glei':
Öffne das Paket sehr mit Bedacht,
weil es sonst zwar wohl nicht kracht,
aber viele Einzelteile fielen,
die dann hier am Boden liegen.

Ziehe dann ein Einzelstück
vorsichtig raus – mit viel Geschick.
Den Reißtest, den kannst Du Dir sparen.
Wir kauften ja nur Markenwaren.

Hol' dann Dein „Gerät" hervor,
mach es startklar – denn bevor
Du beim Betrieb dann schwitzt,
musst Du wissen, ob es richtig sitzt.

Entfern' nach Gebrauch es mit viel Bedacht,
Du weißt, dass man sich sonst schmutzig macht.
Halt's oben zu, sonst kommt – oh Graus –
was Du dort eingefüllt dann doch heraus.

Zur Entsorgung wär' zu sagen –
Du musst es nicht zum Sperrmüll tragen.
Öffne nur den Deckel Deiner Restmülltonne,
schon ist es weg – was für 'ne Wonne.

Zum Abschluss noch ein Wort zu sagen,
damit Dich nicht die Rätsel plagen:
mach' auf das Packerl wie ein Held – ein echter –
und erfüll' den Saal jetzt mit Gelächter.

Karin und Ignaz Taschek
Geburtstag, Kärnten, 25. und 28. Februar 1998

Das Taschek-Wunder

Durch die Technik, liebe Leute,
ist fast alles möglich heute.
Vieles ist uns heut' erklärlich,
doch versteh' ich - ich sag's ehrlich -
überhaupt nicht, warum Karin
die Geburtstagsjubilarin,
früher - ich bin wirklich platt -
als der Naz' Geburtstag hat.
Denn selbst mir muss es doch klar sein,
Vater Naz' muss früher da sein
als die Karin, seine Tochter.
Doch ich sag' mir, alles mocht er,
unser Herrgott heutzutage.
D'rum sind Wunder keine Frage.
Schafft er Tascheks so a Wunder
ist des and're nur noch Plunder.
Ich komm' sicher noch dahinter -
spätestens vor'm nächsten Winter.

„Fühlt Euch alle abgeküsst"
schreibt für alle, der jetzt grüßt.

Willi Wagner
Geburtstag, Berchtesgaden, 4. April 1998

Heut' vom Ältesten bis Jüngsten
wünschen wir Dir – kurz vor Pfingsten –
brave Kinder – gute Schuhe,
Aktivität und auch viel Ruhe,
(und viel „Knödel" in der Truhe)
grüne Wiesen – Ostereier
und a wunderschöne Feier
und viel Freud' für 's nächste Jahr!
Wünschen wir Dir, eh ganz klar!

Thomas Wagner
Geburtstag, Berchtesgaden, 5. Juni 1998

Wir faxen Dir ein wenig Geld
auf dass Du tüchtig feierst –
und wünschen Dir, dass durch die Welt
Du flott Dein Schifflein steuerst.

Genieß den Tag, lass Dich verwöhnen,
und von den Fans bejubeln –
danach im Alltag magst Du stöhnen
und Dich erneut abstrudeln.

Gisela Wagner
Geburtstag, Berchtesgaden, 8. November

Heut' ist ein Festtag für uns alle
und alles singt mit lautem Schalle.
Denn heut' schickt man Geburtstagskarten
an die, die stets in Haus und Garten
als guter Geist sich sorgend regt
und Mann und Kinder liebend hegt.
Kurzum: „Hoch lebe uns're Gissimaus –
der gute Geist von unser'm Haus!"

Monika Müllner
50. Geburtstag, Wien, 23. September 1998

Die Jahressumme ist schön rund und
auch die Reife wächst, und Grund
zur Fröhlichkeit hat Moni,
von Mariahilf die schönste Omi,
denn durch das Spiel kann sie jetzt werden
erst richtig Mensch auf dieser Erden.
Dies sagte schon der alte Schiller.
Das Spiel ist auch ein Freizeitkiller.
Bei DIESEM Spiel ist's wie im Leben:
Es gibt ein Nehmen und ein Geben,
und bald hast Du es aufgedeckt.
Die „wahren“ Werte sind versteckt.

Annemarie Taschek
50. Geburtstag, Kärnten, 26. Juni 1999

Du bist ein Glückspilz,
hast Geburtstag,
so einen schönen runden.
Doch ich kenn' Leut'
an diesem Festtag,
die sagen unumwunden,
sie wär'n viel mehr mit Glück beladen,
weil sie Dich haben.

Anni Müllner
80. Geburtstag, Wien, 4. Februar 2001

Sternstunden sind heut' nicht alltäglich,
denn meistens trottet man recht kläglich
entlang den jährlich gleichen Pfad
und denkt „Heut' is ma wieda fad."

Den Sternenzeichen ging es ähnlich
auch neunzehnzwanzig – wie gewöhnlich.
D'rum war die Freude auch recht groß
als Abwechslung gebot der Boss.

Gott Vater sprach: „Im nächsten Jahr
kommt Anna Denk zur Welt – und zwar
zu einer Zeit, die ihr bestimmt.
Jetzt bin ich neugierig, wer g'winnt".

Der Wassermann hat dann gewonnen.
Sie ist bei ihm zur Welt gekommen.

Ein prächtig Mädchen wuchs heran
und es verdreht' sich mancher Mann
den Kopf und sah die blonden Zöpfe.
Doch sie dacht' nur: „Ihr armen Tröpfe.
Den Fritz erwähle ich mir heute."
Es gratulierten alle Leute.

Als Turnerin war sie schon Spitze.
Und jetzt bewies sie bei der Hitze
des Herd's 'ne Meisterschaft,
die keiner je so schnell geschafft.

Der Krieg war da ein dunkler Schatten.
Ihr Söhnchen war das helle Licht.
6 Jahre Trennung von dem Gatten
verminderten die Liebe nicht.

Der Krieg war aus, sie wurd' vertrieben
mit wenig Hab' und allen Lieben.
Mit Franzl Lang gab's manche Hetz
im schönen alten Joslowetz.
Doch die Vertreibung war ein Witz!
Seit damals heißt es Joslowitz.

Im Weinkeller man übernachtet.
Im Viehwaggon nach Passau achtet
man d'rauf, dass niemand' 'was passiert
und dass der Kleine nur nicht friert.
Den plagen dann ganz arg die Läuse
in einem Klosterbaugehäuse.

In Wien gab's mehrere Stationen,
denn irgendwo muss man doch wohnen!
Am Schafberg dann, im Schrebergarten,
da war zu Ende langes Warten.
Der Fritz kam aus dem Krieg zurück,
hat Frau und Kind an's Herz gedrückt.

Dann ging's nach Hietzing in ein Schloss!
Die Anlage war dort so groß,
dass, wenn man musste auf's Kabhäuschen,
man huschte raus aus warmem Häuschen.
Zum stillen Örtchen man weit ging,
wo hell und warm 'ne Lampe hing.

Dein Herwig hatt' in Hietzing Freude:
es gab viel Grün, viel Freiheit dort.
Doch dann ging's in ein Stockgebäude,
von wo er ging als Eh'mann fort.

Zwei stramme Enkelburschen dann
belebten schwungvoll Eure Tage.
Was solches frische Leben kann,
erfuhrt Ihr wieder, keine Frage.

Und Fritz ging einen Schritt voraus.
Und die Stafette, sie geht weiter –
Und neues Leben kam in's Haus
und färbt die Tage Dir jetzt heiter.
Und heute freuen wir uns alle –
und uns geht's gut, wir haben Dich –
und uns ist klar in jedem Falle:

Du bist die Beste sicherlich.

Annemarie und Ignaz Taschek
30. Hochzeitstag, Kärnten, 18. September 2001

Alan is alan – is a bißle – is nix.
Net alan – dann bist ganz – des is fix.
Alan is – wia am Hochsitz in da finstast'n Nocht.
Net alan – wer'n da erst Deine Aug'n aufg'mocht.
Alan – is meist wurscht, obst was lernst in Dein Leb'n.
Net alan – kann da's Loch'n und's Wana was geb'n.
Wann'st ja sagst zum andern, wia schlecht's a g'rad geht,
dann bist net alan – ois and're is bled.
Alan is alan – is a bißle – is nix.
Doch wannst bist zu zwan, dann bist ganz, des is fix.

Rita Syblik und Danilo Eismann
Hochzeit, Deutschland, 2. Februar 2002

Am Lebensweg viel Glück
und Fröhlichkeit dazu,
viel Freude aneinander,
der Trägheit keine Ruh!
Und auch nach schlechten Zeiten
gestärkt zum nächsten Tag –
das wünschen wir Euch beiden. –
Es klappt, wenn man sich mag.

Barbara Göbel und Walter Mussil
Hochzeit, Wien, 1. Juni 2002

Wenn Euch die schönen Stunden
nicht ausgehen und auch
die „Zeiten des Wetterleuchtens“
nichts anhaben können,
sind viele unserer Wünsche an Euch in Erfüllung gegangen.

Elfriede Syblik
80. Geburtstag, Wien, 28. Dezember 2002

Es ist von alters her bekannt,
dass in dem schönen Sachsenland
noch schön're Töchter wer'n geboren.
Drum passt jetzt auf und spitzt die Ohren,
wer dort in Kamenz kurz nach Weihnacht
vor 80 Jahr' den ersten Schrei macht.

Elfriede trat ins Licht der Welt
und hat sich prächtig angestellt.
Oma und Mutter hab'n erzogen.
Der Opa, der hat imponiert –
er hatte rotes Glas gezogen,
denn diesen Trick hat er kreiert.

Bei einem Fleischermeister dann
ging in Berlin die Arbeit an.
Und nach der Arbeit kommt die Pause.
Und es passiert, dass mit Gebrause
der Wind, den jede U-Bahn macht,
hinaufbläst in den Lüftungsschacht.

Und die Elfriede, die steht oben
und allerlei wird hochgehoben
und sichtbar werden schöne Beine.
Und Adolf strahlt: „Die wird die Meine!"

Die Hochzeit war in Mildenberg.
Und Detlev kam als erster Zwerg
auch dort zur Welt und auch die Karla,
und Monika in Bischofswerda.

Wie schnell man so 'was niederschreibt.
Ein Kind von heut' hat keine Ahnung,
wie Krieg und Müh' den Nerv zerreibt.
Der kleinste Schritt, der brauchte Planung.

Erfinderisch macht sie die Not:
sie kochte Sirup – und für's Brot
will auch gesorgt sein jeden Tag.
Für alle stricken ist 'ne Plag.

Ja – heute klingt's wie Abenteuer.
Doch damals war es nicht geheuer
zu flieh'n nach Wien dann mit der Schar,
– denn gar nicht klein war die Gefahr –
mit Sack und Pack, mit Kind und Kegel,
gequält durch manch' Besatzungsflegel.
Kalvarienberg – Gänsbachergasse,
die Dörfel-, dann die Hanssonstraße !
Hier hatte man jetzt ein Zuhause
und das Umherzieh'n hatte Pause.

Nun galt's ein Fundament zu bauen,
auf das mit sicherem Vertrauen
man die Familie konnte stellen,
damit auch nicht die höchsten Wellen
des Schicksals großen Schaden tun.
Dies Fundament – es muss auf Eisen ruh'n!

Nun denn – jetzt schau'n wir einmal hin:
Was so 'ne Schlossermeisterin
den ganzen Tag so hurtig schaff,
ist schnell gescheh'n, braucht nicht viel Kraft!

Beim Aufsteh'n ist sie klar die erste,
das ist noch nicht das allerschwerste!
Das Frühstück wird jetzt zubereitet,
danach der Hund vor's Haus geleitet,
für alle Essen in die Tasche,
das Detlev nichts vergisst, die Flasche.
Nun vorerst ist dies schnell geschafft,
das geht recht flott, braucht nicht viel Kraft!

Und nun beginnt ein laaaanger Tag.
Eisen ist schwer, es ist 'ne Plag.
Es ist nicht leicht es gut zu formen
mit Scheren-, Stanzen-, Durchschlagsdornen.
Gebündelt sie's in's Auto schafft,
ist rasch gemacht – braucht nicht viel Kraft!

Auch Flügel hat das Eisen keine.
Es rennt auch nicht an einer Leine.
Sie muss es liefern durch die Stadt,
was manchen Nerv gekostet hat.
Doch halt! Das Essen wird davor geschafft –
das wärmt man schnell, braucht nicht viel Kraft!

Sie managed schnell noch den Papierkram.
Sie braucht für abends dann noch: Bier – Rahm ...
Dann noch 'ne Menge and'rer Sachen,
das abends keine Mägen krachen.

Dazwischen wird noch schnell geputzt,
denn Wohnung, Kinder sind verschmutzt.
Dann schnell die Wäsche aufgerafft –
Das geht recht fix, braucht nicht viel Kraft!

Die Betten g'hör'n noch überzogen!
Und noch bevor der Tag verflogen,
gilt's auch für morgen Essen richten
und vielleicht einen Streit zu schlichten!

Jetzt noch zu bügeln dieses Hemd,
und da – der Knopf ist abgetrennt.
Dann Mann und Kind ins Bett geschafft –
ist flugs passiert, braucht nicht viel Kraft!

Dazwischen ist noch sehr viel Zeit
für faschingliche Heiterkeit.
Sie näht Kostüme für die Kinder
mit sehr viel Pfiff, das sieht ein Blinder.

Doch Kinder werden auch mal groß,
verlassen der Familie Schoß.
Jetzt bleibt noch Sorge um die Mutter,
die geht voraus und auch ihr Mann.
Der Herr gibt Kraft, er ist ein guter,
so dass man viel erdulden kann.

Und heut' an diesem schönen Tag
bist jedem, der Dich gerne mag,
Du Vorbild, und zwar im Speziellen:
Wie man sich jeder Plag' kann stellen.

Die Arbeit konnte noch so viel sein,
Aussicht auf Ruhe noch so trüb sein,
es war egal, was Du g'rad machtest –
uns war's ein Rätsel: wie Du achtest
stets elegant, gepflegt zu sein.
Bei stärkstem Stress und Schufterei'n
sah man die Mühe Dir nie an!
Man wäre froh, wenn man das kann!

Wie sei Dein weit'rer Lebensweg ?
Als Zukunftswunsch ich deutlich lese
den Wahlspruch, der da heißt: „Nie Käse!!!" *

** lebenslange Abneigung gegen Käse und Verweigerung, Käse zu essen***

*** Diese Aufgabe (das Käse-Essen) hat dann die nächsten Jahre HEF mit umso größerer Begeisterung übernommen.*

Ludwig und Irma Kriso
Goldene Hochzeit, Wien, 26. Juli 2002

Zur Goldhochzeit viel Heiterkeit
Und dass am Weg liegt jederzeit
Für Euch nur Glück stets griffbereit
Das wünschen Euch die Seyringer-Leit.

Bad Schallerbach, Dezember 2002

Ich hab' Dich lieb
an allen unser'n Tagen.
Auch das hast Du ertragen.

Bad Schallerbach, Dezember 2002

Falls Di wo zwickt
is schee, wann's an gibt,
der liab zu Dir is' –
des hüft da ganz g'wiss.

Maria Muth und Duncan
Hochzeit, Wien, September 2003

Wir gratulieren voller Freude,
Congratulations for this day !
Und nur das Beste für Euch beude,
das wünschen wir Euch ohne Schmäh'.
Und als Symbol dient der Kalender,
dass jedes Monat voll mit Geld
und dass Ihr sorglos, light and tender,
von nun an wandelt durch die Welt.

Anni Harbalik, 50. Geburtstag, Nostalgie-Heuriger Wimm
Maria Taferl, 19. Juni 2003

Eintausendneunhundert, dann fünfzig und drei:
da haben zwei Kraxler dort im Himalai
den Everest-Hügel betreten!
Da gab's dann nichts mehr zu entdecken.

A Wunder a neiches, das war jetzt gefragt.
Und zwar ein viel größ'res – es sei kurz gesagt:
Der Punkt, der ganz höchste, der war nun erklommen,
jetzt war's an der Zeit für die Anni zu kommen.

Sie wuchs schnell heran und lernte und strebte,
ein wenig erzähl' ich, was sie sonst erlebte:
Das Gute und Schöne, das soll sich vermehren,
d'rum kam ihre Tochter zu uns auf die Erd'n.

Und wo sie dann schwitzend verdiente ihr Geld,
da lernte sie kennen den strahlenden Held,
der fürderhin teilte mit ihr Müh' und Freude.
Sie standen sich bei auch in manchem „Leude".

Zum Beispiel wie Michl den 50er feiert,
da hat er sich beinah' das Knie ausgeleiert.
Doch Anni, die schmeißt so ins Zeug sich beim Tennis,
dass die Achillessehne „henn" is.

Und schließlich beim Rackern, was immer sie machen,
sie helfen einander bei sehr vielen Sachen,
so kommt es, wenn's kurz von der Leiter ihn prackt,
dass liebevoll sie ihn vom Boden abschabt.

Nach 50 Jahr lernen, nach 50 Jahr plagen,
da werden sich sorgende Freunde doch fragen:

Wie kann man ihr weitere 50 versüßen?
Da wird uns ganz einfach was einfallen mühßen.
Was kannst Du Dir wünschen – was brauchst Du zum Leben ?
...... ? Na dann raten wir eben:

Wärst Du auf Tandemsprung erpicht?
Für uns zu teuer, kriegst Du nicht!
Ein Krampen oder Gartenset?
Das brauchst Du net!
Ein Buch oder ein Lexikon?
Das hast Du schon!
Ein „wunderbares" Lusterlicht?
Das hast du nicht!
Ein Wachshahn, wenn der Strom Dir fehlt
ist viel mehr wert als bares Geld!
Ein Gläschen Schampus noch dazu,
und eine Uhr für schöne Stunden –
ein Ratgeber zur Seelenruh',
den ham wir auch gefunden.
Und an dem stillen Örtchen,
wo Ruhe man genießt,
da sollst Du stets d'ran denken,
auch hier die Zeit verfließt!
Der Spülkasten ganz raffiniert,
der dient Dir als Tresor –
und wenn es manchmal enge wird,
dann holst Du 's Geld hervor.

All' die Geschenke sind ein Hit –
denn aufheben brauchst Du sie nit!
Wir kommen auch nicht kontrollieren,
du kannst sie peu a peu verlieren.

Die nächsten 50 zu verschönen – wir werden DICH verwöhnen !!!

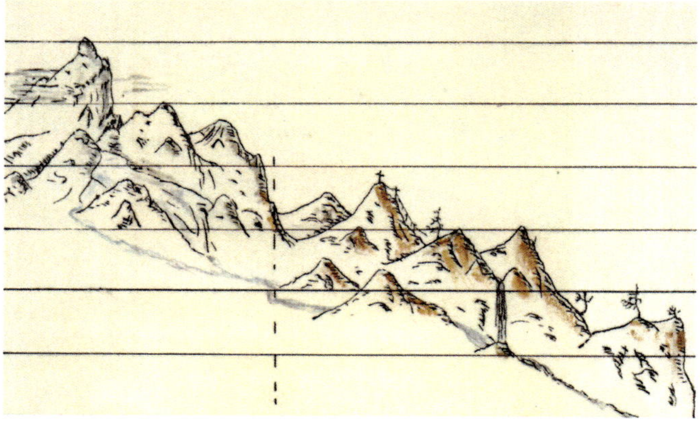

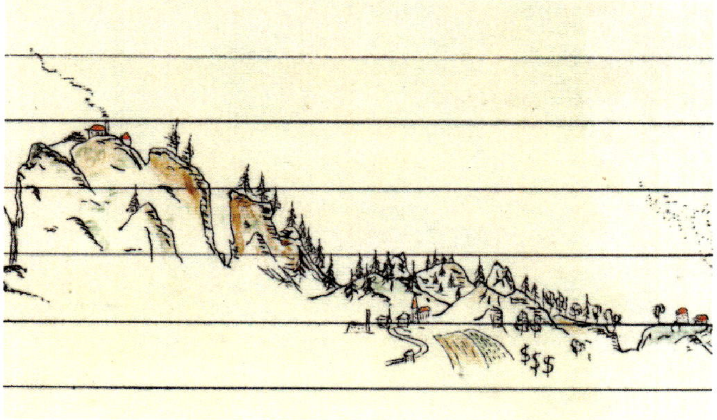

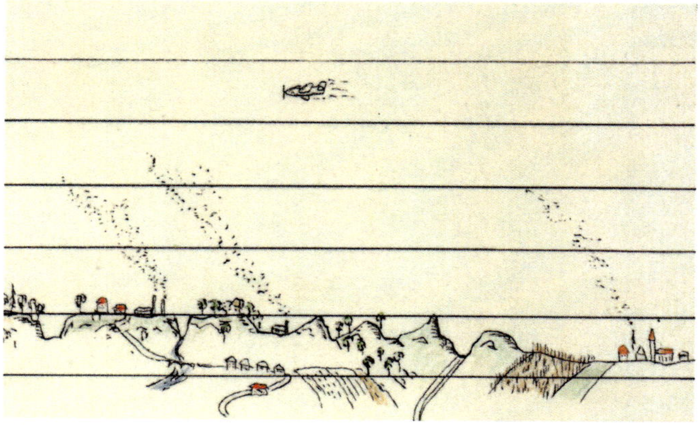

Jack Bomer, „Surprise“ *
nach einem vorangegangenen Spaziergang in Laab im Walde
Wien, Dezember 2003

Du wanderst arglos durch's Gelände.
Doch plötzlich kriegst du kalte Hände,
weil hinterhältig und recht fies
das Wetter kippt, es wird recht mies.
Die Kälte kriecht dir in's Gebein,
selbst durch Pullover, die nicht dein.
D'rum rüste dich für solche Fälle
mit diesem Fläschchen. Auf der Stelle
wird dir gleich warm, es ist 'ne Pracht.
Am besten wird es so gemacht:
Nach je 10 Schritten kannst du tanken –
und solltest du nachher auch schwanken,
dann wird der Stock dir Stütze sein.
So kommst du warm und sicher heim.

**Am Abend des 5. Dezember feiern die Holländer ein Familienfest, bei dem sowohl Kinder als auch Erwachsene beschenkt werden. Zu jedem Geschenk gehört ein Gedicht. Es sind lustige Reime, mit denen sich die Familienangehörigen, Freunde und Nachbarn untereinander verulken. Alle Gedichte sind mit Sinterklaas unterschrieben.*

Robert Hodis
50. Geburtstag, Gasthaus Skilitz, Siegenfeld, 8. Juli 2004

Ja manchmal passiert' was – was sehr Interessantes
und für unser Volk war's 'was wirklich Markantes,
wie dort an der Mürz in vergangenen Tagen
hat die Sensation für das Land zugeschlagen.
Der Ort wird seit damals Mürzzuschlag genannt
und vom Fan-Tourismus total überrannt.
Wir wissen, von welchem Ereignis wir reden:
So zwischen zwei Mädchen trat Robert ins Leben!
Und damals schon wusste er, es gibt viel Bequemes,
doch sich zu bewegen: des is' 'was ganz scheenes.

D'rum scho' nach zwei Jahren da ging er nach Baden,
dort war er für vielerlei Scherze zu haben:
Die Tasche der Lehrkraft hat er aufgetrennt,
das hat sei' Entwicklung durchaus nicht gehemmt.
Da lernt'a, des „Brav-sein" des is' 'was Bequemes,
doch a witziger Streich, des is' a 'was Scheenes.

Beschränkung durch Noten, wo die sich auch fanden –
ob sie auf 5 Linien oder im Zeugnis standen –,
die gab's für ihn nicht, er wehrte sich immer.
Er kam in die Lehre, da wurd' es noch schlimmer:
Er wollt' die Elektrik, die schnelle, erlernen,
da wollte man ihn von zu Hause entfernen.
Doch das Internat, in das man ihn steckte,
dem Robert – is' eh klar – auf keinen Fall schmeckte.
A g'schlossene Lernfabrik manchmal bequem is',
doch für'n quirligen Robert des wirklich net scheen is'.

Doch dann kriegt er Flügel, die die Liebe verleiht:
Angelika zu unserem Robert sich neigt.
Und später durch's Heer kam er nicht zu dem Schein,
mit dem es erlaubt ist – tagaus und tagein –
Bewegungsmaschinen von jeglicher Art
rechtmäßig zu quälen, brutal und auch zart.
Den Schein holt er nach, das macht ihn bereit:
Er will ja Angelika nach da Hochzeit
stets tragen, doch nicht nur auf eigenen Händen
sondern auch fahr'n in metallenen Wänden.
Getragen zu werden ja wirklich bequem ist,
doch stundenlang schleppen, I waas net ob's schee is'.

So ging's nach der Hochzeit dorthin, wo es schick is':
zum Österreichring, wo Bewegung ein Hit is'.
Und nachher, man konnt' es ja fast schon erahnen,
da ging er lokal hier in Wien zu den Bahnen.
Die nächste Bewegung war a schöner Schritt,
von aan Tag am andern, da war'n sie zu dritt.
Zu zweit herumlümmeln für manche bequem ist,
doch ein Dritter im Bunde – no wan des net schee is'!

Ob jetzt in an Dorf ... oder doch gar in Wien?
Ka Ahnung, i glaub' 's war in Wienerdorf d'rin,
dort war für die Rennen die ganz erste Box
für Rallyes und Jagden nach kan pelzig'n Fox.

Zu der Zeit, da hat er sehr viel absolviert;
und damals schon hat er als Doktor brilliert:
Seine blechanan Freind hat er alle kuriert -
ob nervös die Elektrik, ob porös die Kardan
oder gar im Getriebe a löchriger Zahn!
Bei all diesen Leiden nix mach'n bequem is',
doch all des dapock'n, i glaub dass des schee is'.

Wir ham dann gestartet zur nämlichen Zeit
a Studie - europaweit -
wer unser'n Käfer, der uns transportiert,
am besten und schnellsten gesund repariert!
„Da gibt's nur den HODIS!" hat die Fachwelt uns klar g'macht.
Und er hat a wirkli' an jed'n Traum wahr g'macht.
Den richtigen suchen net immer bequem ist,
doch an Robert darwischen (zu Angelika) - du waaßt, dass des schee is'!

Die Bewegung im Leben, sie hält manchmal inne,
das macht dich besonnen, schärft dankbar die Sinne.
Wenn Eltern vorausgeh'n, wenn Kinder bedroht sind,
wenn Gefahren vorbeigeh'n, durch die and're längst tot sind,
wenn die Sorgen um Moritz, der erst kurz hier auf Erden,
für Euch alle zu fürsorglicher Lebenskraft werden -
für viele scheint richtig, wenn nur alles bequem ist,
doch auch Prüfung ist wichtig, weil's dann doppelt so schön ist.

A Werkbank - a große - hätt' i bald vergessen,
die wurde dann ang'schafft und dann angemessen,
rundum a Garage und dann no a Keller,
a Flipper - da geht a des Ausflippen schneller -

und als klane Zuawaag nembei no a Haus
und a „siassa“ Nachboa! Ma hoit des kaum aus.
Problemlose Nachbarn sind oft 'was Bequemes,
doch es gibt auch and're – frag' eam, ob des schee is'.

Bewegung – das hat er als Philosophie,
und zwar von ganz klaa auf – er is a Genie:
Das Schaukeln der Wiege, des Kinderwag'n fahr'n,
des Dreiradl – a scho mit Turbo – ka Schmorrn,
mit Fahrrad, mit Rodl und dann mit de Schi,
beim Marsch der Nation (26.10.), a da fölata nie!
Mit Mopeds und Bussen, mit Bikes und Boliden –
das Tempo wird stets an die Spitze getrieben.
Die Kinder am Morgen san a Stund länger im Bett,
weu er sie so g'schwind transportiert – wirklich nett!
Da sicht ma, dass Tempo auch oft sehr bequem is'
und richtig verwendet natürlich auch scheen is'.

Es gabat no füü zum dazöhn, zum erwähnen,
doch d'Leutl'n – des sich i – die miassn scho gähnen.

Angelika, Katja, der Moritz und Roland –
da gibt's, punkto Freude, für'n Robert kan Notstand!
Für die nächsten Fufzig gibt's scho' a Programm:
Es wird allas leiwand – mir hoid'n alle z'samm.
Und wia is' des, wann net alles bequem is'?
Des wichtigste is', wann am Schluss alles scheen is'!

Michael Göbel
60. Geburtstag mit Familie, Plachutta, Wien, 6. Juni 2005

Vor 60 Jahr' wurd' viel gegründet:
die Republik - die Volkspartei ... Man findet
auch SPÖ und ander'n Tand ...
das interessiert uns nur am Rand.

Das, was uns epochal berührt,
was unser'n Jubel mächtig schürt,
ging durch den Äther wie ein Beben:
„Habemus", klang es, „Michaelem".

Doch man vergaß den Ring zu reichen,
der für solch Menschen dient als Zeichen.

Wir ham gegöbelt - äh - gegrübelt,
wie man den Fehler jäh ausbügelt.
Wir kamen d'rauf, dies ist ganz leicht:
der Ring, der wird jetzt nachgereicht.
(Ring mit „G"-Initiale)

Am Anfang konnte man schon seh'n,
dass seine Sterne günstig steh'n.
Dass er ois gneist, des is ganz kloa,
weu sei Geburtsort Kne(i)sing woa.
Und die Gemeinde Chiming hieß,
woraus sich zwingend schließen ließ,
dass sich am Boden der Chimie
entfalten konnte sein Genie.

Die Schule kam, er lernte lesen.
Das ist auch jene Zeit gewesen,
wo Wünsche sich nicht gleich erfüllen
nach blauen Rädern – und im Stillen
da denkt er sich: „Ich werd' schon reich,
erfüll' mir alle Wünsche gleich."

Deshalb die Lehre als Drogist,
wo Start zum Reichtum möglich ist.
Als Drogenhändler bei der Kwizda –
ist er da reich geworden? – Nix da!
Vielleicht schon damals zog es ihn
zum „Aufsammeln" von Büchern hin.
D'rum brachte gestern aus Berlin
der Ferdinand dies Buch nach Wien.

(Buch Ferdinand Drexler)

Es gab dann viele Stationen –
sie zu beschreiben würd' sich lohnen:
... von Kores über AMS,
Immuno-Baxter mit viel Stress ...
in Silva Nordica zu werken,
das durfte bald er fröhlich merken.
Er wurde dann, das ist nicht doof,
vom Saggraben Fürst Erzbischof.
Aus diesem Grunde zeichnet Korab
g'rad ihm zu Ehren dieses Dorf ab.

*(Korab Bild)**

Und jetzt beginnt ein Schicksalsreigen,
denn gleich, da werden wir euch zeigen,
wie ein's das andere begründet
und alles seine Ursach' findet.

Man fand, des is gar net banal,
dort ganz aus Stein an Gavial.

Das ist der Grund – er sammelt Krokos
und er begnügt sich nicht mit Fotos.
Denn viele Krokos groß und klein,
die sammelt unser Michl ein.

(Torte mit Schokokrokos, Krokodose, Gavialbild)

Krokos hingegen – weißt du's schon? –
sind ein Symbol für Aggression.
Um diese wieder loszuwerden,
gibt's den April bei uns auf Erden.
Am 1. schlägt der Michl zu
und schafft so seiner Seele Ruh.

Die Ruhe wurde schon erwähnt,
sie wird bald etwas ausgedehnt –
sporadisch wird er nur beraten
und hat mehr Zeit für and're Taten.

Nun – 60 Jahre sind vollbracht
und selten hast Du schlapp gemacht!

* *Karl Korab: Dorf im Waldviertel, Originalradierung 1995*
Auflage 60 Stück, gedruckt eigens für den Adventbasar der Rudolf Steiner-Schule Wien-Mauer

Michael Göbel, 60. Geburtstag, mit Familie und Freunden beim Nostalgie-Heurigen Wimm, Maria Taferl, 11. Juni 2005

Gstanzln – gesungen
in Anerkennung besonderer Fähigkeiten

Mir san heute da
den Michl zu ehren
und freu'n uns scho narrisch
Dich reden zu hören.

A Trocht sollt' ma trog'n
was soll i da sog'n?
Waßt eh: zum Trocht trog'n
muass't erst ane hob'n.

Das Leben, es fängt ja
mit 60 erst an.
Mit 60 da bist erst
a g'standener Mann.

Da Michl is ja
der Fürst aller Engel,
und nebenbei is a
der Vater der Bengel.

Die Sprache, die deutsche,
na die mag er sehr.
Die neudeutsche aber
ja vü weniger.

Ja mit dem Latein,
da tut er brillier'n
und mit dieser Sprach'
seine Sätz' aufpolier'n.

Die Volkskunde liebt er,
er sammelt fest auf.
I wünsch da von Herzen,
Dir kummt kana d'rauf.

Am 1. Aprü
fiacht' jeda ganz stü
vom Michl des Scherzen.
Des geht oft zu Herzen.

Die gräflichen Kluppen –
wie könnt's anders sein –
war'n a a Aprilscherz.
Des blieb lang geheim.

Die Krokomanie –
ja sag' uns bloß wie
hat sie Dich befallen?
's interessiert uns vor allem.

Ein Haustier, ein nettes,
ganz nach seinem Stil.
Er hat es gezüchtet –
hier: das „Entodil".

Ja, der Papagator
ihm später gelang.
Bei ihm is' die Gentechnik
am letzten Stand.

Das Kaufen – Verbrauchen
ist nicht sein Pläsier.
Cui bono – wem nützt es?
Auf keinen Fall mir.

In unserem Leben,
da kann's vieles geben:
die Dummen wer'n dümmer,
die Dicken wer'n dünner.

Er hat heut' Geburtstag –
d'rum is' heut a Murdstag.
Warum so a Murdstag?
Weu er hat Geburtstag!

So a Fest, des nimmt her –
Du hostas heut' schwer
und an's, des stresst sehr:
die wüd'n Lieder.

D'rum hör' ma jetzt auf
mit dem herrlichen Singen
und lassen statt Kehlen
die Gläser erklingen.

Jakob bitte merke Dir
schmuz'ge Schuhe
lassehier

Jacob Nock
Schulbeginn, Berchtesgaden, September 2005

Der Schulbeginn:

Im Schulhaus d'rin,
da laf'n d' Kinda
her und hin.
Da Lehrer und die Lehrerin,
die zeig'n Eich vü, ob draußt, ob drin.
Im Kopf hast dann vü Gescheitheit drin.
Dann kann es sein,
Du merkst den Sinn,
den alles hat von Anbeginn.

Schulbeginn an die Eltern gerichtet
Berchtesgaden, September 2005

Da Schulbeginn
Is ka Gewinn.
Die Kindheit
Is im Brunnen drin.
I frag' mi oft:
„Wo liegt der Sinn?"

HILFE!!!
KRACH
AHAAAA
AUA
AH
Nicht so stark aufdrücken!!
Segringer.

Familie May
zur Geschäftsauflösung wegen Pensionierung
Wien, April 2006

Man braucht a Werkzeug – braucht an Rat,
Familie May stets beides hat.
Unmögliches ist gleich zu haben,
nur Wunder, muss man ehrlich sagen,
die brauchen manchmal schon zwei Tage.
Und deshalb ist es wirklich schade:
„Das Werkzeugparadies sperrt zu!!!“
Doch wohlverdient ist nun die Ruh,
die liebe Menschen jetzt genießen,
weil sie sich nicht mehr plagen müssen
mit Lieferanten und mit Kunden.
Von nun an gibt's nur schöne Stunden.

Ein ganz großes Dankeschön!
Familie Seyringer

PS: Viel Freude auch beim Schwammerl pflücken.
(Ein's ist nur blöd, man muss sich bücken.)
Und wird einem dabei nicht wohl,
hilft schnell ein Tropfen Alkohol.

2 Schwammerlmesser, Schwammerlbestimmbuch und Sechsämtertropfen

Gro alias Elisabeth Lasch
Begräbnis, Kärnten, 3. Jänner 2007

Ich wurde getragen –
und dann trug ich selbst –
Ich habe geschafft und geduldet –
versucht, das auch and'ren zu lehren –
erhaltene Liebe und Kraft stets weiter zu geben.
Im ewigen „Auf“ und „Ab“ liegt das „Auf“ mir am Herzen.
Ich gehe voran, ohne Euch zu verlassen.

Daran teil gehabt zu haben
ist für uns ein Geschenk ganz besonderer Art.

Familie Mattitsch, Anlass: Der schwere Busunfall des Sohnes Jürgen, Türkei, Juli 2007 *

Trifft Dich ein hässlicher Schlag,
wird Lebenskraft ihn überwinden.
Die sorgende Angst Tag für Tag
wird durch Hoffnung allmählich verschwinden.
Und haben die Wünsche die Kraft,
dass alles zum Guten sich wendet,
dann hast Du es wieder geschafft,
dass Not in Zufriedenheit endet.

* *Der Unfall ereignete sich in der Türkei bei einem Familienurlaub, Jürgen ist seit dem behindert*

Eva-Maria Cervenka
44. Geburtstag auf dem Jakobsweg, 6. Juni 2008

Uns Menschen plagt manch Arg auf Erden!
Und da Du denkst, 's muss anders werden,
willst Du 'was ändern und Dich wandeln
statt zu versumpfen und versandeln.
Du willst das Ziel Dir nun erwandern
willst geh'n von einem Ort zum andern -
hast Dich für'n Jakobsweg entschlossen.
Und Läuterung wird unverdrossen
das Heil für Deine Seele sein.
Es werden Geist und Körper rein.
Damit Du alles gut derpackst,
bekommst Du
mit, was Du gern magst.

Als erste Stütze hier ein Geist,
der mit Dir in der Flasche reist.
Er ist auch in dem Büchlein drin
und sorgt für einen tiefern Sinn.

Das zweite, worauf Du Dich stützt,
sind Deine Beine - und es nützt
Dir sehr, hast Du auch Socken.
Mit festen Schuhen halt' sie trocken.
Was brauchst Du noch zu guter Letzt,
wenn fromm Du durch die Landschaft hetzt
und wenn am 6.6. gar
Du schwebst ins nächste Lebensjahr?
Dann, mit 2 Vierern und vieeeeeeel Geld,
stoß' an auf uns und zeig' der Welt,
was eine Eva alles kann!
In Compostela zünde dann
für uns auch eine Kerze an.

Monika Müllner
60. Geburtstag, Wien, 23. September 2008

Mit der Idee beginnt es.
Mit Umrissen gewinnt es.
Mit Bildern wird es festgehalten.
Dann fängst Du an, selbst zu gestalten.
Du formst und malst d'rauf los wie wild.
Und schon hast Du ein herrlich' Bild!

Zur Geburt

Aus Liebe ein Leben
für alle ein Segen.

Annemarie Taschek
60. Geburtstag, Kärnten, 26. Juni 2009

Du hast Geburtstag, einen runden!
Du wirst gefeiert – und seit Stunden
da grübeln wir:
Was wünschst Du Dir?

Dein Wunsch soll eine Kreuzfahrt sein,
hab'n wir gehört – no, das is' fein!
Es ist nur etwas ungewiss,
was so a „Kreuzfahrt" wirklich is.

Fahrst Du mit an Kreuz herum in da Gegend?
Oder is' es a Fahrt, wo a Arzt Dir dann pflegend
Dei Kreuz massiert, das nix mehr weh tuat und zwickt
und Du, nach'm Aussteig'n wieda hupfst wia verrückt.

Oda is' es a Wallfahrt? – Ich hab' dann erkundet,
auf irgendan Schiff wird die Erde umrundet.
Am Bacherl in Abriach wird's wahrscheinlich nicht sein.
Es ist auch kein Schiff auf Donau und Rhein.

Es muss etwas sein mit weitaus mehr Pfiff:
Natürlich am Meer a murdsgroßes Schiff,
wo Du laufend verwöhnt wirst mit Speise und Trank,
mit Kultur und Zerstreuung – die ganze Fahrt lang.

Du kannst Dich entspannen, kannst tatenlos träumen,
frönst ruhiger Muße – ohne 'was zu versäumen.
Es gibt auch kein „muss“ und wenig „man sollte“.
Man findet die Ruhe, die man oft wollte.

Am Tag scheint die Sonne. Rundum alles blau:
Das Meer und der Himmel, wohin ich nur schau'.
Am Abend hoch droben siehst Du auch die Stern.
Ja so eine Kreuzfahrt, die hab'n viele gern.

Wir wünschen viel Spaß und steuern 'was bei.
Genieße die Fahrt und fühle Dich frei.

Hildegard Plattner
60. Geburtstag, Kärnten, 2009

Du kochst, bewirtest und betreust –
und sonst auch keine Mühe scheust
zu spenden wohliges Behagen
für Herz und Seele und auch Magen.

Doch plötzlich hört die Schar der Gäste,
es gibt zum Essen nur noch Reste,
denn – ach – der Herd in Deinem Oikos
soll sanft entgleiten in den Orkus.

Als Gast von Welt wird jedem klar,
was das für eine Botschaft war.
Man sinkt – ein absurdes Scenario –
auf Tartar vom Beef und Sushi-Niveau.

Die Bewirtung verödet, es erkaltet der Tisch,
es gibt – wie gesagt – nur noch eiskalten Fisch.
Und wie kurz vor Sperrstund' gibt es nur Kaltes!
Und was da auf'n Tisch kommt, ist meistens nur Altes!

Es tränet das Auge über kaltem Buffet,
das Denken an früher, das tut wirklich weh.
Bei Monotonie der Temperatur,
da muss eines klar sein, was hilft da nur?

Großzügige Spende für „neues Feuer"!
Und für diesen Zweck ist uns nichts zu teuer.
Wir hab'n heute Glück, wir können Dich feiern –
Das hilft uns, den Nutzen für uns zu verschleiern.

Renate Turek, 60. Geburtstag überschattet vom bevorstehenden Tod von Wolfgang Zimmermann, Wien, 7. Februar 2010

Nach runder Zahl an Jahren
ist viel Dir widerfahren
an Freude und an Leid,
an Schmerz und Heiterkeit.
Das formte Dich
und es ist viel geworden.
Jetzt machen wir uns Sorgen.
Wir schaffen es nicht –
selbst im längsten Gedicht –
in richtige Worte
die Wünsche zu kleiden.
Kurz:
Wir können Euch schrecklich gut leiden.

Renate Turek, Widmung im Buch „Wege" im Gedenken an Wolfgang Zimmermann, verstorben am 8. Februar 2010

Danke für Vergangenes.
Ja zu dem, was kommt.

Thomas Müllner
40. Geburtstag, zur Übergabe von Gläsern, gefüllt mit Geld
Wien, 12. März 2010

Das Glas begleitet Dich im Leben:
Du brauchst es, willst Du einen heben.
Am Anfang ist es etwas klein,
da geht ja wirklich nicht viel rein.

(kleines Glas)

Doch bald, da wird es etwas größer
und Schicksalsschläge formen es.

(verformtes Glas)

Und mit der Zeit da wird es besser,
Du kannst mehr trinken ohne Stress.

(eine Maß)

Bist mit dem Rad Du dann auf Reisen,
steh'n „edle" Becher bei den Speisen.

(Silberbecher)

Noch „edler" woll'n wir auf Dich prosten,
wir scheuen weder Müh' noch Koosten.

(Silber-Sektflöte)

Wir wünschen Dir zum schönen Runden,
ab heute nur noch schöne Stunden.

Wolfgang Niernsee
39. Geburtstag, Wien, 28. Mai 2010

Die Spitze der 30, die hast Du erreicht
und hast auch bemerkt, es ist gar nicht leicht
durch die Zeit sich zu schleppen mit lockerer Kraft.
Das hast Du bis jetzt ja bestens geschafft!
Du wirst täglich besser in jedem Falle,
– das wissen wir alle.

Kathrin Müllner
Firmung, Wien, 29. Mai 2010

Der Weg, den Du gehst,
sei SICHER und gut.
Du kannst STANDHAFT schreiten,
doch sei auf der Hut –
auch wenn Du Dich hüpfend
und fröhlich bewegst –,
dass BEHARRLICH und FEST
Du dem Lichte zustrebst.
Dein Sinn ist dann STARK,
VERLÄSSLICH und TREU.
Dies alles heißt FIRMUS,
ein Tun ohne Reu'.

Bettina Nock und Holger Nagl
Hochzeit, Berchtesgaden, 14. Juni 2010

und auch

Thomas Mantler mit Alexandra Felnhofer
(Religionslehrer von Manuela und Gerald), Wien, 3. Juni 1995

Zu Euch wurde einst „Ja“ gesagt.
Dann sagt Ihr „Ja“ zum Leben.
Aus diesem „Ja“, danach gefragt,
könnt Ihr ein „Ja“ Euch geben.

Das „Ja“ ist Quell des Lebens.
Vom „Ja“ des ander'n lebst Du.
Kein Mühen ist vergebens.
In Deinem „Ja“ da strebst Du.

Euch soll das „Ja“ umgeben,
das wir Euch heute bringen.
Es will im weiter'n Leben
in Euren Herzen klingen.

Inge Schopf
70. Geburtstag, Wien, 24. Dezember 2010

Du feierst mit dem Christkindlein
Geburtstag jedes Jahr – zu zwei'n.
Am Morgen singen wir Dich an,
am Abend ist das Christkind d'ran.
Doch gibt's auch viele and're Leut',
die sich ganz narrisch freu'n – bis heut',
dass sie mit DIR Geburtstag ham.
I hoff', i kriag a poa jetzt z'samm:
Da wär' amoi die Kais'rin Sisi,
die wär sehr froh – net nur a bissi.
Die Ava Gardner wär' die nächste,
für die wär' unser Fest des Hechste.
Für'n Serafin wär' – eh ganz klar –
Jetzt unsre Feier „wunderbar"!
Von Deiner Popularität
gern mancher profitieren tät!
Wie da zum Beispiel Erwin Pröll.
Der kamat glei' her – auf der Stöll.
Nun gut, beenden wir die Liste
und öffnen die Erinnerungskiste:
Nach Schule, Schneidermeisterei,
da war für Dich der Weg nun frei:
Du wirst beim Fernseh'n jetzt ein „Star".
Die Gage stimmte – eh ganz klar.
In allen Medien macht's die Runde,
Du kriegst an Schilling pro Sekunde.
A guade Show machst Du dann durt
mit an gewissen Lou van Burg.
Am Hochzeitsmarkt warst Du begehrt.
So mancher hat Dich hochverehrt.

Drum war bei Deiner Hochzeit dann
ziemlich zerknirscht ein jeder Mann.
Du hast dann g'macht den Führerschein
und zogst in Eure Wohnung ein.
Natürlich dann ein Auto kam.
Denn nur mim Schein fangst gar nix an.
So nebenbei hab' ich a Frage:
Wie lange dauert's heutzutage
mit an zu reden telefonisch?
Denn damals war's a bisserl komisch.
Du hast gewartet fast 3 Jahr'
auf's Telefon! – „Na wunderbar!“
Und während dieser ganzen Zeit,
da hat Dich etwas stets gefreut:
Auf Gipfeln bist Du rumgerannt –
auf Reisen hast Du schnell erkannt,
die Schönheit von Kunst und Kultur –
und Wanderung durch Wald und Flur.
Und warst Du wieder dann zu Haus' –
die Arbeit ging Dir niemals aus.
Bis heute:25000, dazu noch 90 Tage
plus 5 mal 100 ohne Frage –
die hast auf Erden Du verbracht.
Ich glaub', Du hast es gut gemacht.
Und jetzt, in Deinem künft'gen Leben,
da Du von liabe Leit' umgeben,
wirst Du mit uns no locker 100,
und zwar recht froh –
Schau net verwundert!

Verena Stefenelli und Gustav Winkelbauer
Hochzeit, Opat-Kroatien, Mai 2011

Das „Ja“ soll Euch umgeben,
das Ihr Euch heute gebt.
Viel Rosen bringt's im Leben,
wenn's auch im Herzen lebt.

Kärtchen mit kleinen Rosen und einem Silberherz per Post

Ohne Widmung
Zur Hochzeit

Euch das „Ja“ umgeben soll,
das wir heut' Euch bringen
und im Leben soll es voll
Euch im Herzen klingen.

Wolfgang Niernsee, 40. Geburtstag zur Übergabe des Gemeinschaftsgeschenkes „Tag Heuer Monaco“ Uhr im Lokal „Futterboden“, Wien, 28. Mai 2011

Die Spitze der 30 – die ist überwunden.
Du bist tolle 40 und feierst den Runden.

Wir feiern mit Dir und wünschen Dir Glück.
Du blickst stets nach vorne und nicht zurück.

Du hast auch verkehrstechnisch Dich optimiert,
TRIUMPHierst auf Asphalt jetzt auch ganz ungeniert.

Auch hast Du die Pünktlichkeit bestens im Griff,
Des Ding do is nützlich, robust und hat Pfiff.
Jetzt bleibt noch zu wünschen: Komm immer gut an!!!
Uns liegt seeehr viel d'ran.

Herwig Müllner
70. Geburtstag, im Lokal „Altes Fassl", Wien, 16. Mai 2011

Die Geburt eines Menschen in schlechten Zeiten
konnte seit jeher nur Hoffnung bedeuten.
– Dann war der Krieg aus
und man wurd' vertrieben
mit wenig Hab' und allen Lieben.

Weiterlesen beim Gedicht Anni Müllner
zum 80. Geburtstag, Februar 2001, Vers 8 bis 12

Denn Herwig hatte großes Glück –
es war ein wahres Meisterstück:
Er hat die Moni heimgeführt.
Die Wiener Presse war gerührt.

Es kamen dann auch bald zwei Söhne
und auch zwei Enkel – wunderschöne!
So weit, so gut! Heut' feiern wir
'was ganz besonderes mit Dir.

So knackig und 70, das freut nicht nur Dich.
Du bist auch recht glücklich, das stimmt sicherlich.
Doch wir hab'n noch mehr Glück,
denn wir haben Dich!

Juliane Neubauer
95. Geburtstag, Ingolstadt, 30. September 2011

Durch Deine Wachheit und Begabung
hast Du Dich allem zugewandt
und mit der wachsenden Erfahrung
hast Du auch vieles bald erkannt.

In guten wie in schlechten Tagen
hast Du gezeigt, wie man es trägt,
gabst Antwort auf so viele Fragen
wie man ein gutes Leben lebt.

Und mehren sich jetzt Deine Jahre
und wächst Dein Beispiel jeden Tag,
dann freut mich, was ich heut' erfahre:
dass Dich ein jeder gerne mag.

„Junges Gemüs'" in Ingolstadt
wünscht jetzt zu Deinem Feste –
vor Freude, dass man „Julchen" hat –
Dir heut' das Allerbeste!!!

Helga Vanderlik
60. Geburtstag, Breitenfurt, 7. November 2011

Die Volksgesundheit lag schon immer
Dir täglich sehr am Herzen.
Sitzt einer träge nur im Zimmer,
bereitet Dir das Schmerzen.

Und dieses Mitgefühl war schuld,
den Sportgeist anzuregen
bei Käufern unter Deiner Huld
und unter Deinem Segen.

„Zu welchem Sport ist was zu kaufen?"
Das konnte man Dich fragen.
Man musst' sich nicht die Haare raufen.
Von Dir konnt' man's erfahren.

Du gabst stets Rat, mit sich'rer Hand
das Richtige zu wählen.
Und auch im größten Sportverband
da konnt' man auf Dich zählen.

Wer strahlend aus der Masse sticht
muss sich von ihr befreien.
So kann nicht jeder kleinste Wicht
Dir in die Suppe speien.

DIE Wahrheit hast Du bald erkannt:
Die Starke mächtig ist allein.
Nun kamen wir zu Dir gerannt.
Dein Sportgeschäft war fein.

Jetzt war Dein Handeln segensreich.
Gar manches reparierst Du gleich:
ob cashergleicher Tennisschläger,
ob da ein Sattel, ein ganz schräger,
ob hier die Lüftung einer Hose,
ob da 'ne Schnalle, eine lose,
verstauchte Schläger hier vom Golfen –
Du hast auch da sofort geholfen.
Ob hier ein Knick in einem Schi –
um Rat verlegen warst Du nie.
Ob Ornamente in den Speichen –
schier alles konnte man Dir reichen.
Ob ein verbog'ner Tennisball –
bei manchem fehlt's halt überall.

Mit Dir konnt' man auch schwitzen,
auf Bänken nackig sitzen.
Zu guter letzt – und das war löblich –
damit der Sport für uns war möglich –
– wir krochen auch schon ziemlich schlecht –
schnipselst Du uns die Füß' zurecht.
Und ich erwähn's nur nebenbei:
auch sonst schaffst Du noch allerlei.
So manches bei dem Hausbau
beschäftigt Dich der Ausbau.

Elfriede Graf
70. Geburtstag, Wien, 23. November 2011

Mit diesen „Stiefeln“ kannst Du eilen –
wenn’s sein muss sogar 7 Meilen.
Zehn mal so viele Jahre
– wir hoffen wunderbare –
hast Du auf Erden zugebracht
und nicht nur uns viel Freud’ gemacht.
D’rum wünschen wir Dir Fröhlichkeit
und viel Gesundheit allezeit.

Manuela Seyringer
Feier zur Beförderung im Lokal „Aurelius", Wien, 6. Februar 2012

Tabakdrogen, Zeitungstragen.
Räuber aus Geschäft rausjagen.
Und Gespräche mit Herrn Amon
informieren schließlich davon:
Personalnot bei der ZIB
Informationsbe-TRIB.

Neue Arbeit hier auf Erden.
An die ZIB verliehen werden.
Früh aufstehen. Spät aufstehen.
Früh, oft spät nach Hause gehen.
Bisschen ärgern, bisschen lernen.
Bisschen an Erfolgen wärmen.

Für 2 Jahr' empfohlen werden
zu Ö3 jetzt hier auf Erden.
Und man hat jetzt auch kan Kumma.
Schließlich hat man jetzt a Numma.
Viel Gelerntes jetzt benützen.
Teils vom vielen „Kurse-sitzen".
Man ist schließlich schon in Übung.
Hat a riesengroße Büdung.
Arbeit, Menschen: angenehm.
Börserl kleiner, nicht sehr scheen.

Wieder mal empfohlen werden
zum Betriebsrat hier auf Erden.
Ganz genau is' es jetzt so:
Leiterin von dem Büro
des Betriebsrats, des zentralen
mit mehr Kohle. Alle strahlen!

Von Journalumgang und Zeitungspflege zu Journalisten und Redakteurshege

Wolfgang Niernsee
zum LKW und Anhänger-Führerschein im Lokal „Aurelius“
Wien, 6. Februar 2012

Ollas wos jetzt Radln hot
Bändigt er, des ist ka Frog.

Florian Müllner
Firmung, Pfarre Wien Hütteldorf, 2. Juni 2012

Dieser Weg, er wird Dich stärken.
Und Du wirst ganz sicher merken:
Er verträgt das Hinterfragen
und er bietet Hilfe an.
Musst Du manche Plagen tragen,
er Dich stützen kann.
Du musst ihn mit Sinn erfüllen
und mit Deinem guten Willen
wird Dein Leben schön.

Ollas wos jetz Radln hot
bändigt er, des is ka Frog.!!!